JN315480

園の可憐な誘惑

水上ルイ

幻冬舎ルチル文庫

CONTENTS ✦目次✦

✦カバーデザイン＝齊藤陽子（CoCo.design）
✦ブックデザイン＝まるか工房

イラスト・コウキ。✦

学園の可憐な誘惑

北大路《きたおおじ》遥《はるか》

……新しい学校で、僕は変わることができるんだろうか？

空港から乗ったタクシー。窓の外に広がるのは、美しいエメラルド色のエーゲ海。開けられた窓から吹き込んでくるのは、潮の香りのする風。

ここは、超高級リゾート地としても知られた、サントリーニ島。沖に見えるのは、豪華客船の白い船影。大きな桟橋には、客船に向かう小型船に乗り込むバカンス中の大富豪達。

「行き先は、どの桟橋ですか？　一番近いところにつけますよ」

癖《くせ》のある英語で、運転手さんが言う。僕は、スラックスのポケットから、乗船チケットを出す。これは学園から一足先に送られてきたもので、身分証明書を兼ねている。これがないと、学園のあるイザーク島に渡ることすらできないらしい。

「ええと、第十桟橋です」

「ああ、やっぱり。……お客さん、聖イザーク学園の新入生だね？　これから学園の所有するクルーザーで島に渡るんでしょう？　緊張してます？」

「あ、はい。入学したらしばらくは島を出られないみたいなので、ちゃんと学園に馴染《なじ》めるかどうかちょっと心配で」

僕が正直に言うと、運転手さんが笑って、

「お客さんみたいな人は、きっとすぐにあの学園に馴染むでしょ。保証しますよ」

「僕……みたいな?」

僕はちょっとドキリとしてしまいながら言う。運転手さんは、

「お客さんみたいに、容姿がよくて、賢そうで、いかにもお坊ちゃんって感じの人ですよ。学園に馴染めずにドロップアウトして、国に帰る生徒を何度も乗せたことがあるけれど……そういう子とは全然違う」

その言葉に、僕はなんだか複雑な気持ちになる。

「ドロップアウト……?」

「けっこう多いですよ。あそこは完全な全寮制だし、一流大学並みにレベルが高いって聞くからね。……ああ、お客さんは絶対大丈夫だ」

運転手さんはバックミラー越しに僕を見ながら言い、僕をさらに複雑な気持ちにさせる。

……日本の学校では、いつでも成績はトップだった。だけどこれから先、それが通用するかどうか、全然自信がない。それに、百戦錬磨の大富豪の子息達に、どこまで馴染めるか……。

「第十栈橋は、この先ですよ。ゲートの奥に生徒が集まっているのが見えるでしょう」

運転手さんの言葉に、僕は後部座席から思わず身を乗り出す。

「……本当だ」

一番奥にあるその栈橋はたくさんの人で埋まっているけれど……優雅な大人が集まっているほかの栈橋とは、だいぶ異なる感じだ。

ゲートのフェンスの向こう側にいるのは、男ばかり。みんな大人っぽく見えるけれど、学年は僕と同じで、もうすぐ高等部一年生になるはずだ。

ゲート前の車寄せにはたくさんのリムジンが停《と》まり、運転手さん達がブランド物の大きなトランクを車から何個も降ろしている。見送りは校則で禁止されているにもかかわらず、セキュリティーゲートの手前には、華やかな身なりの大人達がたくさん集まっている。きっと保護者であろう彼らは、自分の息子に手を振ったり声をかけたりしている。ハンカチを握り締めて泣き崩れている女性を見て、ちょっとまた複雑な気分。

……あんな過保護な親御さんがいたら、さぞや甘ったれの息子に育ってるに違いない。

僕の祖父母も両親も、この栈橋まで見送りに来ると主張した。北大路家は企業グループを経営する実業家の一族。普段はバリバリ仕事をこなす彼らも、僕のこととなると見境ないんだ。

……兄さんに「それは校則違反なんだ」って言ってもらって、本当によかった。

僕はちょっと呆《あき》れてしまいながら、思う。

……高校生になるっていうのに、見送りつきなんて、恥ずかしすぎる。

タクシーは保護者達の間を縫うようにして、セキュリティーゲートの手前に停車する。運転手さんが素早く車を降り、トランクを開けてくれる。

「お客さん、本当に荷物はこれ一つだけ？　ここに来る生徒はみんな、大型のトランクをいくつも持ち込むのに」

取り出した小型のトランクを見下ろしながら、運転手さんが言う。僕はうなずいて、

「あの学園には、勉強をしにいくんです。余計な荷物は必要ありません」

彼の手から、トランクを受け取る。運転手さんはなんだか感動したような顔で、

「やっぱりお客さんは大物だ！　応援してますよ！」

「ありがとうございます」

僕は苦笑しながら彼に背を向け、乗船券とパスポートをスラックスのポケットから出して、ゲートにいた係員さんに渡す。彼はパスポートをめくって写真と僕の顔を見比べ、乗船券のナンバーをラップトップコンピュータに打ち込んで、身元を照会している。

「ハルカ・キタオオジくんですね。どうぞお通りください」

にっこり笑ってチケットにスタンプを押し、僕にその二つを返してくれる。

「ありがとうございます」

受け取ってそれをポケットにしまい、歩き出そうとしたところで……。

「お客さーん！」

さっきの運転手さんの声がして、僕は忘れ物でもしたかと思って慌てて振り返る。

「頑張ってーっ！　応援してますよーっ！」

彼が叫びながら思い切り手を振ってきて、僕は苦笑しながら小さく手を振り返す。

……ああ、なんなんだろう、島に渡る前からこの大騒ぎ。聖イザークに入学するっていうのは、きっとそれだけ大変なことなんだろうな。

踵《きびす》を返そうとした時、セキュリティーゲートの手前に、タクシーが一台進んでくるのが見えた。ほかの車はリムジンか空港で手配した黒塗りのハイヤーなのに、それは街でよく見かけた派手なブルーのタクシー。僕が乗ってきたのと同じだ。

タクシーは、セキュリティーゲートのかなり手前で停車する。保護者の群れを避けるためだろうけど、あんなに遠くちゃ荷物を降ろすのが大変だろうに……。

見るともなしに見ていると、後部座席のドアが開いて、男性が一人降りてくる。長身と逞《たくま》しい体型を見て、保護者だろうかと思うけど……その顔を見て、僕は思わず硬直する。

……まさか……。

僕は、その人の顔をよく知っていた。すごい偶然が信じられなくて思わず目を擦《こす》るけど、やっぱり見間違いじゃない。

……こんなところで会えるなんて……。

彼は、片手にボストンバッグを提げていた。軽い一泊旅行をするくらいの、本当に小さいやつ。タクシーのトランクからさらに荷物を出すんだろうと思うけれど、タクシーはそのまま走り去ってしまう。

……荷物、僕よりずっと小さい。颯爽《さっそう》と歩く姿が、やけに格好いい。

彼は小さな荷物一つで見送りの人々の間を悠々と歩き抜け、係員さんに乗船券とパスポートを見せてゲートの中に入ってくる。彼のパスポートは赤で、金色の菊の紋様がついている。日本のパスポートだ。

……うわ、近づいてくる……。

彼は乗船券とパスポートを返してくれた警備員さんに軽く頭を下げてお礼を言い、ボストンバッグにそれらをしまう。それから、こっちに向かって歩いてくる。

長いストライド、真っ直《ます》ぐに伸ばされた背中、派手さはないけれど、彫刻みたいに完璧に整った端麗な横顔。絶対に彼だ。僕がずっと憧れ続けていた、あの。

……話しかけたい……！

実は。彼は一部の学生の間では有名な人だった。だから僕も彼のことを知ってる。っていうか、熱烈なファンといっていい。だけど学校が違うから、彼は僕のことなんか知らない。これは、彼に自分のことをアピールする大チャンスで……！

僕は思いながら、彼に向かって一歩進むけれど……。

「ねえねえ、君」

なんだか軽そうなやつらに囲まれて、彼に近づけなくなってしまう。

「さっきから見てたんだけど……すっごく可愛いね。名前を教えてくれない？」

「タクシーで来ただろう？　家族は見送りに来なかったの？　どうして？」

「わかった。この島に別荘があるんだろう？」

矢継ぎ早に質問されて、僕は困惑する。いきなりそんなプライベートなことを聞かれても、どこまで言っていいのか迷うし……。

……っていうか、はっきり言って邪魔なんだけど……。

「いや、そういうわけじゃない。単に見送りを頼むほどのことじゃないなって……」

僕は言いながら、思わず彼の方を見てしまう。少し離れた場所に立っていた彼が、僕の視線に気づいたのか、ふいに振り向く。

一瞬、僕と彼の視線が絡《から》み合う。それだけで、鼓動が一気に速くなる。

……ああ彼は、なんて強くて綺麗な目をしてるんだろう？

「ねえ、こんなところに立ってないで船に乗らない？」

軽そうなやつらの一人が、無粋な言葉で僕の思考を遮る。

「いや、まだ早いんじゃないかな？　僕はここでもう少し風に当たってから……」

僕は、あの彼から目が離せないままに言うけれど……。

「聖イザーク学園のクルーザーって、すごく豪華だって聞いた。一人一人に部屋が用意されてるだけじゃなくて、海が見えるダイニングルームで軽食のビュッフェがあるんだって！」

「ほら、君も行こうよ！」

取り囲まれ、馴《な》れ馴《な》れしく肩を抱かれて船のほうに誘導される。彼が騎士みたいに助けてくれないかな、とちょっと期待するけど……。

『聖イザーク学園、新入生の皆様』

栈橋に、アナウンスの声が響いた。

『出航の十分前となりました。順番に、ご乗船ください』

保護者に別れを告げた生徒達が、一斉《いっせい》に船に向かって進み始める。肩を抱かれてその人波に乗った僕から、彼が無表情のままでスッと目をそらす。

……やっぱり、そんなお伽噺《とぎばなし》みたいなことが起きるわけがないか……。

僕の名前は北大路遥。三日後から、聖イザーク学園の生徒になる。聖イザーク学園というのは、世界中のＶＩＰの子息が集まる名門校。僕の兄、圭《けい》は、そこで保健医をつとめてる。母さん譲りの女顔と全然逞しくならない細い身体《からだ》のせいで、中学校の同級生はみんな僕のことを『遥姫』と呼んだ。そして僕に好きだと告白したり、花やプレゼントをくれた。本当は僕はワガママで、気が短くて、どうしようもない性格なのに。友人たちに恋人ができていくのを見て、僕はすごくうらやましかった。勇気がなくて本当の自分をさらけだすことのできない僕には、きっと一生恋なんかできないだろうから。

聖イザーク学園に来ようと思ったのは、日本を離れて何か新しい自分を探したかったからだ。でも僕はまた、みんなに愛想笑いを返してる。また中学校の時と同じように本当の自分を出せなくて、恋すらできないままになってしまうんだろうか？

森《もり》が丘豪《おかたけし》

……なんて綺麗《きれい》な子なんだろう……？

俺は呆然《ぼうぜん》と見とれてしまいながら、思う。

……あんなに美しくて可愛い生き物が、この世に存在するなんて……。

俺の名前は森が丘豪。大柄な身体といかつい顔のせいでとてもそうは見えないけれど、あと三日後に聖イザーク学園の一年生になる。

俺がいるのは、エーゲ海を望むサントリーニ島の桟橋。ゲートの前に溢《あふ》れるのは、リムジンと華やかな保護者達。ゲートの中に集まっているのは、いかにもお金持ちそうな生徒達。

タクシーを降りた途端、どうしてこんな場所に自分が紛れ込んでしまったのか解《わか》らなくて、ひどい眩暈《めまい》を覚えた。でも、お祖父《じい》様の命令は絶対だ。俺はこの学園で三年間を過ごさなくてはいけない。森が丘家の次期当主に相応《ふさわ》しい、完璧な成績を取り続けながら。

小さな頃、身体の弱かった俺に、祖父は剣道をやらせた。そのおかげですっかり健康になったし、身体も人並み以上に大きく育った。いつの間にか剣道が本当に楽しくなっていた俺は、剣道の強豪校に進学したいと希望していた。だからテスト勉強も頑張ったし、お祖父様の命令にならどんなことにでも従ってきたつもりだけど……。

お祖父様から「剣道を続けることは許さない。森が丘家の次期当主に相応しい人脈を作るために、名門『聖イザーク学園』に進学しなさい」と言われた時、俺はあまりの衝撃に何も解らなくなってしまった。もしかしたらその場で、「剣道を捨てることはできません」と怒って家を飛び出す……というのが正しい若者のやり方だったのかもしれないけれど、今まで一度も反抗したことのなかった俺には、それすら思いつかなかった。

剣道を捨てろと命令された瞬間からずっと、俺の世界は暗闇《くらやみ》の中に沈んでいた気がする。

なのに……。

桟橋に立つその人を見た瞬間、俺の世界に一筋の光が差し込んだ気がした。

眩《まばゆ》い太陽と、紺碧の海。遠くに見える白い豪華客船。彼の優雅な姿はその背景に自然に溶け込んでいて、まるで一枚の美しい絵のようだった。

太陽を反射する茶色の髪、真珠のように透き通る白い肌。

片手で包み込めそうなほど小さな顔は、まるで神様が彫り上げた美しい彫刻のよう。

優しげな眉、品のいい細い鼻筋、柔らかそうな淡いピンク色の唇。

長い長い睫毛《まつげ》の下から見つめてくるのは、宝石のような茶色の瞳。

真っ直ぐに見つめられて、その場に崩れ落ちそうになった。

彼の麗しさは、それほど類稀《たぐいまれ》なもので、まるで彼自身が一つの美術品のようだった。とても自分が近づけるものではない、そう解るのに、どうしても目をそらせなくて……。

「ねえ、こんなところに立ってないで、早く船に乗らない？」

彼のそばにいた一人の生徒が、いかにも親しげに英語で彼に話しかける。

「いや、まだ早いんじゃないかな？　僕はここでもう少し風に当たってから……」

彼が言うのが聞こえて、俺の鼓動がいきなり速くなる。彼の声は、天使が言葉を発したらこんな声を出すんじゃないかと思うような、湧きたての泉のように澄み切った美声だった。

……やっぱり、日本人じゃないんだな……。

オレは、彼の英語の完璧な発音を聞いて確信する。

彼のたたずまいに、アジア系らしい静謐《せいひつ》さを感じてしまった。だからもしかしたら、彼は自分と同じ日本人なんじゃないかと一瞬期待してしまったんだけど……。

……色素の薄い髪と瞳。たしかに、日本人にしてはあのルックスは華やかすぎる。

視線をそらせない俺をいぶかしげに思っているのか、彼は俺から目をそらさない。彼みたいな美少年は、誰かにうっとりと見つめられるのには、慣れっこなのかもしれないけれど……。

でも、俺の鼓動はどんどん速くなって、彼以外、何も見えなくなりそうで……。

「聖イザーク学園のクルーザーって、すごく豪華だって聞いた。一人一人に部屋が用意されてるだけじゃなくて、海が見えるダイニングルームで軽食のビュッフェがあるんだって！」

生徒の一人が、彼の言葉を遮って言う。

「ほら、君も行こうよ！」

ほかの生徒が、親しげに彼の肩を抱く。彼はそれでも俺から目をそらさない。彼の表情が何か物言いたげに感じられて、思わず一歩踏み出しそうになるけれど……。

『聖イザーク学園、新入生の皆様』

桟橋に、アナウンスの声が響く。

『出航の十分前となりました。順番に、ご乗船ください』

その声に、俺はハッと我に返る。

……何を考えているんだ？　あんな綺麗な子は、別世界の人。こんな無骨で地味な俺に、用があるわけがない。

俺は思い、麗しい彼から、無理やり視線を引き剥《は》がす。なぜか……とても苦しい気持ちを感じながら。

北大路遥

「ねえ。寮に着いたら、僕の部屋に来ない？　退屈しないように、ゲーム機とソフトをたくさん持ってきてるんだ」

「それより、俺の部屋に来なよ。ポータブルのＤＶＤプレイヤーがあるんだ。映画やミュージックビデオも山ほど用意してきた」

彼らの言葉に、僕は面食らいながら、

「でも、聖イザーク学園では、ゲームもＤＶＤも持ち込み禁止だよね？　入学の書類に書いてあったけど」

新入生達は僕の言葉に笑って、

「そりゃあ、どの学校でもそうは書くよ。でも、まさか荷物検査まではしないよ」

「そうそう。要するに、寮でうるさい音を立てるなってことだよね？　映画もゲームも、ヘッドフォンを使えば文句はないだろ」

僕は兄さんが言ってたことを思い出し、内心ため息をつく。

……それは、甘いと思うけど。

聖イザーク学園の教師である兄さんから、入学の心得をいろいろと教えてもらった。そして一番最初に言われたのは、この学園で禁止といわれていることは本当に禁止で、例外はないこと。島の桟橋でX線検査も含んだ入国審査並みの厳重な荷物検査があって、ゲーム機だのオーディオ機器だの……勉強と関係ないものはきっちり取り上げられるらしい。それらは先生方の手で梱包され、厳重注意の手紙と共に実家に送り返されてしまうって聞いた。エッチな本を持ち込もうとした生徒もたくさんいたらしいけれど、彼らはそれらを実家の親御さんに見られるという、とんでもない罰を受けることになるらしい。

「ええと……エッチな本とかは、持ち込もうとしてないよね？」

僕が念のために言ってみると、集まっていた生徒の何人かがにやりと笑う。その中でひときわ派手な金髪のヤツが肩をすくめてみせる。

「そういうストレス解消も少しは必要じゃないかな？　もちろん、寮ではみんなに回覧するし……ああ、もちろん、そんなに下品なものじゃない。芸術の範囲内だよ？」

……やっぱり、毎年いるんだ、そういうヤツ。

「ええと……僕の兄さん、あの学園で教師をしてるんだけど……」

僕が言うと、生徒達が驚いた顔をする。にやついていた金髪が、ちょっとだけ心配そうな顔になって、

「じゃあ、君はあの学園の内情に詳しいんだね？」

「兄さんから聞いた範囲内だけどね。……ええと、イザーク島の桟橋で、荷物検査があるらしいんだ。兄さんは、Ｘ線検査とか金属探知機での検査もあって、入国審査並みに厳しいって言ってた。もちろんトランクは開けられるらしいよ。あの学園はＶＩＰの子息がたくさん集まっているから、安全のためにはそれくらい必要なんだろうけど」

「ちょ、ちょっと待って。僕のトランクを開けるだって？」

さっきまでにやついていた金髪が、本気で面食らったように言う。

「そんなことができるわけがない。僕の父は、政府の高官で……」

「ここは君の国じゃないよ」

僕は金髪の言葉を遮り、彼の後ろで硬直している生徒達を見渡す。

「……没収されたものは、即刻実家に送り返されるらしい。親御さんに見られたくないものがあるのなら、自分の手で処分したほうがいいと、僕は思うよ」

「処分？　僕がトランクの蓋《ふた》の中に隠して苦労して持ち込んだ、セクシーな美女ばかりを集めた、無修正版の写真集を？　嘘だろう？」

金髪が、拳《こぶし》を握り締めて叫ぶ。僕は本気で呆れながら、

「もちろん、僕の言葉を信じるかどうかは君の自由だよ。兄さんは、ただの脅しで言ったのかもしれないしね」

にっこり笑ってやってから、踵を返す。

……何が芸術だ、このスケベ野郎。

生徒達の大騒ぎを聞きながら、僕はその場を離れる。

……世界に名だたるエリート校だから、頭がよくて高尚な生徒ばっかりだと思ってた。見習わせてもらおうと思ってたのに、ちょっと期待はずれだ。

僕は甲板《かんぱん》を歩きながらため息をつき、船室に向かうドアを開けようとして……。

「……あれ……?」

がらんとした前部甲板。並んだデッキチェアの一つに人影があった。リラックスした様子で本を読んでいるけれど、背筋が伸びている。

彫刻みたいに端麗な横顔、引き締まった表情。白い綿シャツとベージュのチノパンというシンプルな服装が、完璧に鍛え上げられた見事な体型を際立たせている。

文庫本を支える、男らしくて美しい右手。彼の長い指が、ゆっくりとページをめくる。本に没頭しているのか、それとも無視したいのか……彼は僕が近づいても微動だにせずにページに視線を走らせるだけだ。

……やっぱり、格好いい……。

心臓が、トクンと高鳴った。

……森が丘豪くん……僕が、ずっと憧れていた人……。

僕は中学時代に剣道をやっていたんだけど……森が丘豪といえば、全国レベルの剣豪として有名だった人。僕も一度だけ試合を見たことがあるけど、彼の強さに、まるで神みたいな存在だと思った。それから剣道を頑張って、身体も強くなったし、試合でもけっこういいところまでいった。でも彼は京都の人だし、僕は東京。っていうか、もともと中学から剣道を始めただけの僕は、どんなに頑張っても全国レベルにはまったく届かなかった。だから、彼と試合をする夢は結局叶《かな》わなかったんだ。

……ずっと会いたかったあの憧れの森が丘豪と、こんな場所で再会したのは……。

僕は鼓動がどんどん速くなるのを感じながら、彼に近づいていく。

……もしかして、これは運命かも……？

だけど……さっき、桟橋で目が合った時、彼が目をそらしたのを思い出す。もしかして、うるさいと思われているかもしれない。

……そうだったら、話しかけたりしたらいきなり嫌われちゃうかも……？

僕は彼の手元を見て、ドキリとする。彼が読んでいたのは、大好きな作家、ハインラインの『夏への扉』。今もトランクに同じ本が入ってる。学園に持ち込める本の冊数は限られているけれど、どうしてもこの本は持ってきた。

森が丘くんが持っているそれは、僕のと同じくらい古びている。きっと何度も何度も読み返していたに違いない。

……森が丘くんも、ハインラインが好きなんだ……！

思ったら嬉《うれ》しくなって、僕は遠慮も忘れて彼に近づいてしまう。

「その本、僕も好きなんだ。君も好きなの？」

僕が言うと、彼は本から目を上げる。彼の驚いた顔に、僕はハッと我に返る。

……うわ、もしかしてすごい迷惑だった？

本を読んでる時に話しかけられるの、僕はすごく苦手だ。本の世界に意識が飛んでるから、まるでダイビングを楽しんでいたところを無理やり海面に引き上げられたみたいな、息苦しい気持ちになる。

……森が丘くんもそうだったら、いきなり嫌われてしまうかも……？

「ご、ごめん、読書の邪魔して。そういえば僕、読書の邪魔をされるの、苦手だった」

無感情な目で見上げられて、僕は柄にもなく慌ててしまいながら、

「自分がされて嫌なことを、人にしちゃダメだよね。ごめん」

僕は早口で言って、踵を返そうとする……けど、手首を大きな手で摑《つか》まれて引き止められ、驚いて振り返る。

「俺は、別に苦手じゃないよ。話しかけられるの」

森が丘くんが言って、僕を真っ直ぐに見上げてくる。

近くで見るとますます端麗な顔立ち。曇りのない宝石みたいな漆黒の瞳。しかも彼の声は

高校一年生とは思えないほど大人っぽい、聞き惚《ほ》れるような美声で……。

……うわ……。

心臓が、いきなりドクンと大きく高鳴る。

……なんてセクシーな声をしてるんだろう？

握られた手首から、彼の体温が伝わってくる。血圧も体温も低めの僕には、彼の手のあたたかさが、ものすごく心地いい。

「返事が遅くてごめん。君も日本人だったのか、と思ってすこし驚いていたんだ」

彼が、僕を見上げたままで言う。彼の端整な顔は完璧な無表情だったから、もしかして怒ってるんだろうか、と思いそうだけど……。

「君がほかの生徒と話しているのが聞こえた。英語の発音が完璧だった。それに瞳も髪も綺麗な茶色だから……ほかの国の人かと思ったんだ」

彼の口調はすごく丁寧で、しかもその声は深くて優しい響きを宿していて……僕の鼓動がどんどん速くなる。

「僕、生粋《きっすい》の日本人だよ。色素が薄いから、ハーフと間違われがちだけど」

「そうなんだ……？」

彼は言い、それからふいに、

「あ、ごめん。初対面なのに、いきなり手を握ったりして」

言って、僕の手首から手を離す。ちょっと照れたように髪をかき上げて、

「大家族で、弟達がたくさんいるんだ。だからついスキンシップ過剰になりがちで……」

「いや、大丈夫だから！　僕も、触られるの、キライじゃないし！」

不思議そうな顔をした彼の様子に、僕は慌てて、

「ああ、いや……僕、兄が一人いるんだけど、すごい過保護で、スキンシップ大好きなんだ。しょっちゅう抱き締められたり、頬《ほお》にキスされたりしてたからね」

言うと、彼は唇の端を小さく上げる。

「なんだか微笑《ほほえ》ましいね。俺の弟達も、スキンシップが大好きなんだ」

ほんの微《かす》かだったけど、彼の笑みは照れた少年みたいで、やけに素敵で……僕は見とれてしまう。

……うわあ、いい……！

「自己紹介が遅れてしまったけれど……俺は森が丘豪。出身は、京都の星陵《せいりょう》中学だよ」

「僕の名前は、北大路遥。ええと……実は君のこと、前から知ってたんだ。こんなところで会えるなんて驚いたけど」

言うと、彼は驚いたように目を見開く。

「え？　君も京都の人？　もしかして近くの中学だった？」

「いや、出身は東京の西麻布中学だよ。そうじゃなくて……」

……本当は、「昔からずっと憧れてたんだっ！」とか言いたいけど……でもそれを言ったら一気に引かれそうだし……。

「ええと……僕も中学時代、剣道をやってたんだ。森が丘くんの試合、見たことがあって」

「試合を？　それだけで顔と名前を覚えてしまうなんて、すごい記憶力だ。西麻布中学って、すごい名門校だもんね。さすがだ」

彼は純粋に驚いたように言う。僕は「だって、君がすっごく格好よかったんだもんっ！」と叫びそうになるけれど、必死でこらえる。

……だから、素を出したら引かれるってば……！

「全国大会で優勝したくらいの実力だもん。君の名前と顔は、東京の中学でもすごく有名だったよ」

言うと、彼は複雑な顔で頭をかいて、

「いや……俺の実力なんか、まだまだだよ。それに、この学園に来ることを決めた時に、剣道もやめることにしたし」

「やめちゃうの？　もったいないよ！」

思わず言ってしまうと、彼は苦笑して、

「でもここは外国で、剣道部なんか存在しないし。本当は、続けたかったけれど……高校生になったらここに留学するというのは、ずっと前から決められていたことだし」

「それなら、僕が練習の相手になってあげる！　一応東京大会では準優勝だったし……」

僕はその時のことを思い出して、ちょっと赤くなる。

「まあ……関東大会では一回戦であっさり敗退したし、全国レベルの君の実力には、遠く及ばないんだけど……」

「東京大会で準優勝だなんて、すごいよ」

森が丘くんは、目を輝かせて言ってくれる。

「東京は、学校が多いだけに、強い選手が集中してるだろう？　君の名前を知らなかったのが、不思議なくらいだ」

彼の言葉に、ちょっと胸が熱くなる。彼は、

「君と打ち合えたら、すごく光栄だよ。あ、でも、竹刀《しない》は持って来てないんだ。家から送ってもらうことってできるかな？　外国だから、あれも武器とみなされて禁止されるだろうか？」

ちょっと心配そうに言う。僕は、兄さんの顔を思い出しながら、

「聖イザーク学園では生徒の自主性を大切にしてるって聞いたよ。学園に着いたら、そのへんのことも調べてみようよ」

「そうだね。もしも剣道を続けられたらとても嬉しいよ」

彼の目がキラキラしてるのを見て、さらに鼓動が速くなる。黙っていればクールなハンサ

ムなのに、こんな顔をすると少年……っていうか、人懐こいワンコみたい。

……やばい、本当に素敵だ……。

「ああ……君と話せてよかったな」

彼が、しみじみした口調で言う。

「みんなが楽しそうに君と話しているのを見て、本当は少しうらやましかった」

彼の頬が照れたみたいにちょっと赤いのを見て、胸がきゅんとする。

「でも俺、英語の発音に自信がないんだ。同級生に日本語で話せる人がいて、嬉しいよ。しかも二人とも剣道をやっていたっていう共通点もあったし」

渋い見た目に似合わないその様子。僕の胸が、またきゅんきゅんときめいてしまう。

「そんなの僕だって同じだよ！　君みたいな人が同級生で、ほんとによかった！」

僕は思わず、彼の手を握り締めてしまう。彼はさらに頬を赤くするけど、僕はあえてその手を離さない。

……こんな彼に、ほかのやつが惚れちゃわないとも限らない。美人の上級生とかにセマられて僕のことを忘れちゃったりしないように、今のうちに、しっかり印象づけておかなきゃ！

しかし……彼の大きな手は指が長くて美しいだけじゃなくて、あったかくて、すべすべしてる。こうして握ってると、僕のほうがちょっとおかしくなりそう。

……ああ、もう、どこもかしこも好みだぞ！

「ええと……そうだ、本のことだけれど……」

森が丘くんが、膝の上に置かれた本を見下ろしながら言う。

「本は好きで、けっこう読むよ。格好つけて本棚には難しい本も並べたりしてたけど……持っていける本はごくわずかなんだと思ったら、ついこれを鞄に入れてしまった」

「実は、僕も同じ本を持ってきた。『夏への扉』」

僕が言うと、彼はとても驚いたように目を見開く。

「本当に？」

「うん。やっぱり格好つけて、休み時間には難しい本をわざと読んだりしてたけど……海外に持っていくと思ったら、それを選んじゃった。慣れない外国の学校に留学するんだから、面倒なことも多いだろうし、嫌なこともあるかもしれないけど、その本なら、勇気をくれると思ったんだ」

「俺も同じだ。もう何百回も読んだ本だけど、やっぱりこの本が勇気をくれる」

彼が僕を見つめて、やけに真剣な声で言う。

「同じ感性の人が近くにいて、すごく嬉しいよ」

……うわあ、ヤバイ、こんな顔をすると、なんだかすごくセクシーだ。

彼はその顔にふいに優しい笑みを浮かべて、

「実は一番好きなシーンは、猫のピートが鞄から顔を出して、ジンジャーエールを飲むところなんだけどね」

「あ、それ、僕も！　僕達、絶対に気が合うよ！　きっといい友達になれるよ！」

僕は言って、まるで女子高生みたいな台詞《せりふ》だ、と自分に呆れる。だけど……。

「うん、そうだと嬉しいな」

彼は馬鹿にしたりせずに、僕を見つめて微笑んでくれる。

……ああ、そんなところも大人っぽくて格好いい！　もう！　どうしてこんなに理想にぴったりなんだよ……っ！

「僕、森が丘くんのことをもっと知りたいなあ。じゃあねえ……森が丘くんは動物は好き？　好きなら犬派？　猫派？」

僕の質問に、森が丘くんは目を輝かせる。

「俺、動物は大好きだ。猫ももちろん好きなんだけど、実家では、犬を三頭飼ってた」

……やった、動物の話題は当たりだった！

僕は思いながら、彼の手をさらにしっかり握り締める。

「わあ、僕も動物大好き！　実家で飼ってたのは、どんなワンコ？　写真ある？」

僕が言うと、彼はうなずく。ちょっと残念になりながらその手を離してあげると、彼はポケットからスマートフォンを取り出す。その待ち受け画面には……。

「わあ、ドーベルマン！　格好いい！」

とても賢そうな顔のドーベルマンが三頭、お行儀よく並んだ写真が表示されていた。鼻が長くて凛々《りり》しい顔、ピシリと背中を伸ばして座ったところ。なんだか剣道をしていた時の凛凛しい森が丘くんを思い出す。

「こっちが銀星号《ぎんせいごう》。こっちが黒龍号《こくりゅうごう》。そしてこれが白嶺号《はくれいごう》。お祖父様がつけたから、すごい仰々《ぎょうぎょう》しい名前だけど……俺はギンとクロとシロって呼んでた」

「ギンに比べると、クロの方がちょっとだけ黒っぽいところが多いんだね。シロは、額のところにちょっとだけ白い毛がある。三頭とも格好いいだけじゃなくて、すごく可愛い」

僕は、写真に見とれてしまいながら言う。彼は、

「お祖父様に訓練をされている時はビシッとしているんだけど……俺の前だとすごい甘えん坊なんだ。クンクン言ってお腹《なか》を出しちゃって……もう本当に可愛いんだ」

写真を見下ろす彼の顔に、ものすごく優しい笑みが浮かぶ。

……わあ、ワンコにメロメロなんだ？　そんな森が丘くんも可愛いよ……！

「僕は昔から身体が弱くて……そのせいで動物は飼ってもらえなかったんだよね。アレルギーが出たら大変だって言われて」

僕の言葉に、森が丘くんは驚いた顔をする。

「動物アレルギーなの？　俺がそばにいて大丈夫かな？　服に毛がつかないように気をつけてはいたんだけど……」

彼は自分の服を見下ろして心配そうにする。僕は慌てて、

「いや、アレルギーじゃないんだ。犬か猫が飼いたくて、病院で検査もしたんだけど問題なくて……でも気管支が弱いから、ダメだって言われて……」

両親や祖父母は、想像以上に強硬に反対した。一緒に病院に行ってくれた兄さんだけは僕の気持ちを解ってくれて、味方をしてくれたけど……やっぱり許されなかった。

そうやって、いろいろなことを諦《あきら》めてきたことを思い出す。もちろん僕のことを心配してくれる気持ちは嬉しい。でも、何もかも人の言うことを聞いていたら、自分がなくなってしまいそうで、だんだん怖くなった。だから僕は、この学園への進学を決めたんだ。

「そうか、ご家族の気持ちもわかるだけに、複雑だよね」

彼が静かな声で言ってくれる。その優しい響きが、僕の心にジワリとしみる。

……そう。だから、この学園では、やりたいことをやる。恋だって、諦めない。

僕は自分に言い聞かせながら、彼を見つめる。

……絶対に、彼を僕のものにしてみせる！

森が丘豪

「今から兄さんとランチなんだけど……君も一緒に行かない？」

遥くんの言葉に、俺は少し驚いてしまう。

「お兄さんとのランチ？　上級生に、お兄さんがいるの？」

「ああ、ごめん、言ってなかったね。僕には年の離れた兄がいて、彼はこの学園で保健の先生をしてるんだ」

「お兄さんが教師をしているなんて、すごい。しかもこんな一流の学校で」

俺が言うと、遥くんはなぜか複雑な顔になって、

「兄さんは、ニューヨークの大きな病院のERで研修医をしてた。そのままその病院で働くはずだったんだけど……お祖父様から、ここの校医になるようにって命令されちゃったんだ」

その言葉に、俺はドキリとする。

……なんだか、俺と少し似てるかも？

「それは、どうして？　ERの仕事がハードだから？」

思わず聞いてしまうと、彼は何かを考えているかのような顔でうなずいて、

「それもある。あの頃の兄さんは毎日寝不足みたいだったし。だけど、もっと大きな理由があって……それは、僕がこの学園に留学するって決めたから」

「え？」

「兄さんは、この聖イザーク学園の卒業生なんだけど……ニューヨークでの仕事が気に入っていて、本当は戻ってくる気はなかったみたい。でも『もしも留学中に遥が倒れたりしたらどうするんだ』ってみんなから言われて、それで兄さんは……」

彼は、苦しげな顔になって言葉を切る。

……この学園に留学をして来るんだから、きっと彼の家も旧家なんだろう。もしかしたらうちの一族よりもさらに厳しい事情がありそうな……？

「ああ、ごめん。なんかヘビーな話になっちゃったね。ちょっと引いた？」

俺が黙ったことを誤解したのか、彼が急に元気な声になって言う。

「きっかけはどうあれ、兄さんは今はこの学園の校医の仕事をすごく気に入ってるみたいだし、僕は兄さんがいて心強くてラッキーかな？」

その笑顔は一点の曇りもなく可愛かったけれど……その声は少しだけ元気がなくて……。

「俺こそごめん。返事が遅れたのは、引いたからじゃなくて、うちもけっこう厳しい家だったから、少し似てるのかなって思ってて……」

俺は誤解をされないように、慌てて言う。

顔が無愛想なせいか、同級生にも、部活の仲間にも、いつも誤解されがちだった。怒ってると思われて怖がられたり、不機嫌なんだと思われて敬遠されたり。それはまだ小さな頃からしょっちゅうだったから、俺はいつしか、誰になんて思われても仕方がないと思うようになっていた。だけど……。

……彼にだけは、なぜか誤解をされたくない、本当の自分を知って欲しい。

こんなに必死になったのは初めてで、どうしてこんなふうに思ってしまうのか解らないけれど……俺は、すごく強くそう感じていて……。

「そう……なんだ？」

遥くんはとても驚いた顔で、俺を見つめる。

「僕、君はすごく強い人だと思ってた。いつでも自分のしたいことをきっちり主張して、嫌なことは断って、わが道を進んでるのかと……」

「そんなんじゃないんだ。俺は……すごく情けない人間なんだ。呆れるだろうけど」

言ってしまった途端、とてもホッとする。そして次に、遥くんに失望されるのでは、と急に怖くなる。

……ああ、どうして彼の前では、こんなふうになってしまうんだろう？

「情けなくなんかない。呆れたりしないよ」

遥くんが、驚くほど強い口調で言う。

「僕、君のそういうところまで見せてもらったこと、すごく嬉しいよ」

「え？」

「だって僕、君の一番の親友になりたいんだ」

きっぱりと言われた言葉に、さらに驚く。

「俺の？」

「うん」

遥くんはしっかりとうなずき、でも次の瞬間、急に心配そうになって、

「あ、ごめん。今度こそ引かれちゃったかな？」

「そんなことない。そういうふうに言われて、すごく嬉しい。でも俺なんかでいいのかな？」

「どういうこと？」

「いや……君はとても社交的だし、綺麗だし、きっと親しい友達がたくさんできるだろう。俺みたいな平凡なヤツじゃなくて、もっと家柄がよくて、ルックスもいい友達が……」

「僕、そんなので友達を選んだりしない」

遥くんのきっぱりした声が、俺の言葉を遮った。

「僕は、森が丘くんがいいんだ」

煌《きら》めく瞳、迷いのない言葉。俺の胸が、甘く、強く痛む。

……ああ、彼は……。

遥くんの麗しい顔に浮かぶ強い表情に見とれてしまいながら、俺は陶然と思う。

……本当に、なんて魅力的なんだろう……？

「……というわけで！」

遥くんは急にいつもの明るい調子に戻って、

「兄さんに、君のことを紹介したいんだ。……迷惑かな？」

彼は何かを質問する時、こんなふうに上目遣いになって首を傾《かし》げる。別に媚《こ》びているわけではなく、無意識みたいなんだけど……ただでさえ身長差があるのにこんな仕草をされると、まるで目のキラキラした小動物に見上げられているみたいだ。可愛くて可愛くて、背中がゾクゾクしてしまう。

「ええと……ご迷惑でなければ。君のご家族を紹介してもらえるのはすごく嬉しいし、友人として認めてもらえたら、すごく光栄だ」

「本当に？」

彼はパアッと顔を輝かせ、その綺麗な顔に笑みを浮かべる。

「じゃあ、一緒に行こう？　兄さんの名前は、圭。すごく素敵な人だよ！」

遥くんと俺は学校内を歩き抜け、彼が待ち合わせをしているというカフェに向かった。遥くんはお兄さんからよく話を聞いているのか、それとも地図をすでに暗記したのか、まったく迷いなく歩いて行く。

「教師用のカフェは、たしかここだよ」

彼は言い、ガラスの嵌《は》められた古風なドアを押し開ける。ドアにつけられていた鈴がチリンと可愛い音を立て、カフェにいた人々が目を上げ……そして遥くんを見て驚いた顔をする。

テーブルについているのは、全員が教師だった。みなきちんとしたスーツを着て、鹿爪《しかつめ》らしい雰囲気をかもし出している。近くにいた年配の教師にいぶかしげな顔で睨《にら》まれて、俺は思わず気圧《けお》されそうになるけれど……。

「すみません。北大路先生と待ち合わせをしたのですが、ここは先生用のカフェですか？」

遥くんはまったく臆すことなく、その年配の教師に話しかける。あまりにも開けっぴろげな笑みに教師は気圧されたようにし、それから何かを思い出したように、

「ああ……もしかして君は、ドクター・キタオオジの弟さんかね？」

「はい。ハルカ・キタオオジといいます」

遥くんがにっこりと笑い、こっちを注視していた教師達が、揃《そろ》って陶然とした顔になる。

遥くんのこんな笑みはまるで屈託のない少年のようで、すべての人の警戒心を解いてしまう不思議な力があるみたいだ。

「おお、確かに面影《おもかげ》があるな。弟さんが学園に来ることはドクターから聞いているよ」

年配の教師が立ち上がり、中庭のほうを指差す。

「ドクターなら、あそこのテーブルだ。例によってファンの教師達に取り囲まれていて、ここからでは見えないけれどね」

彼は苦笑しながら言う。遥くんは、

「どうもありがとうございます。助かりました」

そう言って、日本人らしい仕草できっちりと頭を下げる。隣にいる俺も一緒に頭を下げ、彼とタイミングを合わせて顔を上げる。欧米人の生徒を見慣れていて珍しいのか、教師達が感心したように俺達を見てうなずいたり、微笑み合ったりしている。

「ああ、飲み物はそこのカウンターで頼んで持っていくんだよ。お奨《すす》めは豆からドリップするコーヒーだね」

年配の教師が言い、遥くんがお礼を言ってからカウンターに近づく。

「わあ、コーヒー豆のいい香り。美味《おい》しそう。あ、水出しのアイスコーヒーもあるんだ?」

無邪気に言って、カウンターに近づく。カウンターの中にいたスタッフに、彼はアイスコーヒー、俺はホットコーヒーを注文する。

「できたら、俺が運んでいく。遥くんは先にお兄さんのところに行っていていいよ」

「本当に? じゃあ、そうするね!」

お兄さんに会えるのが嬉しいのか、遥くんは弾むような足取りで中庭に出て行く。俺は窓ガラス越しの彼の様子に、思わず見とれてしまう。

彼のお兄さん——圭先生——がいるというテーブルの周囲を、若くてハンサムな教師達が取り囲んでいる。お兄さんの様子はここからは見ることができないけれど、教師達がうっとりした様子で何かを一生懸命話しかけているところを見ると……遥くんのお兄さん、圭先生も、きっととても魅力的な人なんだろう。

「せ、先生の弟さんというと……相当な美少年なのでは……？」

開け放されたガラス窓から、教師の一人が言っているのが聞こえる。

「ええ、それはもう」

遥くんに似て澄んだ、しかしどこか色っぽい男性の声が、答えているのが聞こえる。

「弟の遥は、可愛いだけでなく、天使のように清らかで……」

「……もう、兄さんったら……」

教師達の後ろで困ったようにしていた遥くんが、恥ずかしそうに言う。その声に気づいたのか、誰かが立ち上がる音がする。背の高い教師達をかき分けるようにして、とても見栄えのする容姿の男性が姿を現す。

……あれが、遥くんのお兄さん……。

真珠のように滑《なめ》らかな肌と茶色の髪、そして紅茶色をした瞳。遥くんよりも大人っぽくて、どこか色っぽい感じの人だけど、やはり面影がある。

「遥！」

彼は叫んで、遥くんの身体をいきなり抱き締める。

「会いたかったよ、遥！」

圭先生は言い、とても愛《いと》おしげに遥くんの髪に頬を埋《うず》める。

……あ……。

俺の心のどこかが、なぜかズキリと熱く疼《うず》いた。

……なんだか、お兄さんがとてもうらやましい……。

遥くんは近くに来るだけで、フワリと柔らかな香りがする。まるで咲きかけの桜の花のような、淡くて甘い香りだ。

……あんなふうにしたら、きっとすごくいい香りがしそうで……。

「やっぱりおまえは本当に可愛いよ、遥！　それに相変わらずいい香りがするよ！」

圭先生が、俺が考えていたのと同じことを言い、俺はドキリとする。

……やっぱり、あんなふうにすると、いい香りがするんだ……。

思うだけで、なぜか鼓動がとても速くなる。

「……兄さんったら……」

遥くんが小さく笑い、圭先生の肩にそっと頬を寄せる。まるで仔猫《こねこ》のように愛らしいその仕草を見るだけで、心がギュッと甘く痛む。

……ああ、あんなふうにされてみたい……。

「……僕も会いたかった、兄さん……」

「……遥……」

麗しい兄弟同士が織り成すとても美しいその光景に、俺だけでなく周囲の教師達も見とれていたみたいだ。

「……なんて麗しい兄弟愛だろう……」

「……弟さんも、またやけに色っぽいですね……」

「……二人が抱き合っているのを見たら、なんだかドキドキしてきました……」

交わされる囁《ささや》きに、ドキリとする。

……圭先生だけじゃなくて、遥くんまでが目をつけられてしまったら……？

身体から、すっと血の気《け》が引く気がする。

……あそこにいるのは、教師で、しかもハンサムな年上の男の人ばかり。もしも彼らのような人たちと交流を持つことになったら、俺に「親友だよ」って言ってくれたのなんか、遥くんは忘れてしまうかも……。

思ったら、そのまま動けなくなる。

……それは……とてもつらい……。

「弟でおかしな妄想をしたら殺しますよ」

お兄さんが、さっきとは別人のような迫力ある声で言う。綺麗な瞳が威嚇《いかく》するように光って、まるで野生のネコ科の動物みたいだ。かなりの迫力だけど、周囲にいる教師達は慣れているのか、その様子にもうっとりと見とれてしまっている。

「もう、兄さんったら相変わらずなんだから」

遥くんが圭先生の肩から顔を上げ、仕方ないな、という顔で苦笑する。

「ダメでしょ？」

可愛い声で叱《しか》られて、圭先生はまた別人のように相好《そうごう》を崩す。

「ああ、ごめんな、遥！　それよりお腹がすいただろう？　座って、座って！」

圭先生は遥くんのために椅子《いす》を引くけれど、遥くんはちょっと困った顔をして、

「ええと、船の中で友達になった子がいるんだ。もし迷惑でなければ、その子も同席してもらってもいいかな？　島に来たばかりで、一人で食事をするのは不安だろうから……」

その言葉に、ドキリとする。圭先生はにっこり微笑んで、

「もちろんいいぞ」

「本当に？　よかった。この学園では日本人は珍しいみたいだし、すごくいい子なんだ。森が丘くんっていうんだよ」

「さっそく友達ができたみたいで、兄さんは嬉しいよ。ええと、空いている椅子は……」

圭先生が椅子を探し、周囲で呆然としていた教師達が、慌てて椅子を準備している。

「できましたよ」

ふわりとコーヒーの芳《かぐわ》しい香りがして、カウンターの中にいたスタッフが言う。中庭の様子に見とれていた俺はハッと我に返る。

「あ、ありがとうございます。いただきます」

俺は頭を下げてから、カップとグラスを持ってカウンターを離れる。

「日本人の子は、礼儀正しくていいねえ」

「ああいう子が寮長になってくれると、助かるんですが」

教師達が囁き合っているのが聞こえてきて、ちょっと緊張する。

……真面目そうに見えるのか、年上の人には気に入られがちなんだけど……圭先生には、どう思われるだろう？

俺はコーヒーを零《こぼ》さないように気をつけながらテーブルの間を縫って歩き、中庭に踏み出す。

「森が丘くんは……？」

「ええと……カウンターにコーヒーを取りに行ってくれていて……あ、いた！　ここだよ、森が丘くん！」

遥くんが言って、こっちに向かって手を振ってくれる。彼の隣にいた圭先生がこっちを振り返り……そしてものすごく驚いた顔になる。

「……え……？」

彼の視線が、俺の頭の上から足の先までを往復する。

「まさか、あれが、森が丘くん？」

圭先生が、あからさまに「なんだこのデカイやつは？」という顔で言う。その正直さに、逆に好感を持つ。きっと、真っ直ぐな人なんだろう。

……たしかに、遥くんみたいな可愛い子の友達なら、同じような子だろうと想像するのが当然だよね。

「うん、そうだよ！」

遥くんが嬉しそうに言って、俺に椅子を勧めてくれる。

「紹介するね。兄さん、彼が森が丘くん。……森が丘くん、これが船の中で話していた圭兄さん。この学校の保健の先生なんだよ」

圭先生はまだ呆然とした顔で俺を見つめている。俺は彼に頭を下げて、

「……森が丘豪と申します。よろしくお願いします」

緊張のあまり、愛想のまったくない声が出る。これじゃあ怯《おび》えられる、と焦るけれど……。

「よ、よろしくね。森が丘くん」

彼は笑ってくれるけど、あからさまに顔が引きつっている。

……ああ、やっぱり怯えさせてしまった……。

俺は内心ため息をつきながら、また頭を下げる。

……遥くんのお兄さんには、絶対に嫌われたくない。こういうことは焦ってもダメだろう。きちんと接して、いつかは誠意をわかってもらわないと。

「兄さん。森が丘くんは、日本の実家でドーベルマンを三頭も飼っているんだ」

遥くんが楽しげな声で言ってくれて、俺はホッとするのを感じる。

「すっごく可愛いんだよ。ねえ、森が丘くん。兄さんにも写真を見せてあげて」

遥くんの手が、テーブルに置いていた俺の手の上に、小さな両手を重ねる。

……あ……。

彼の手のひらは柔らかく、さらさらとしている。まるで大理石の彫刻のように滑《なめ》らかな感触が、不思議と心地いい。

……どうしよう？　ずっと触れられていたい……。

頬が、じわりと熱くなるのを感じる。

……ああ、会ったばかりなのに、どんどん遥くんのことを好きになっていく……。

北大路遥

『この聖イザーク学園の歴史と伝統に恥じぬよう、新入生一同、精一杯の努力をしたいと思っております』

スピーカーから流れるのは、聞き惚れるような低い美声。

……ああ、森が丘くん、やっぱり格好いい……。

僕はうっとりしてしまいながら思う。

今日は聖イザーク学園の入学式。卒業式や学園祭、クリスマスなんかは保護者を招いての大イベントになるみたいだけど……入学式はごくごく地味だ。講堂に全校生徒がずらりと並んで座り、学園長の訓示と、在校生からの言葉、そして新入生の挨拶を聞くだけで終了らしい。生徒達の中には退屈そうにしている人もいるけれど……教師席が新入生の席を見やすいような場所に設置してあるところを見ると、これはきっと第一関門。退屈な式でだらけた生徒は、後で評価に響きそうだ。

日本で常に成績トップを誇っていた僕は、この学園の入学試験でもほぼ満点のはずだった。

たった一つの凡ミス以外は正解だったはずだから、自分が一位で入学試験をパスしたんじゃないかと、ひそかに期待していたんだけど……。

……でも、森が丘くんになら、抜かされてもいいんだ……！

この学園にはいかにも軽そうな生徒達が多いけれど、見かけに反して、彼らはとんでもなく優秀だ。この学園を卒業すれば一生安泰だと言っても過言じゃないから、親御さんはたくさんお金を使って優秀な家庭教師を雇い、自分の息子を教育するらしい。だけど。

彼らをあっさりと負かし、完璧な成績で試験を突破した森が丘くんは、僕にはとても眩《まばゆ》かった。僕を含めて、この学園を受験する生徒はとんでもなく厳しい受験勉強をし続けてきたはず。僕も三年に入ったらすぐに剣道部を辞めさせられ、たくさんの家庭教師をつけられて勉強だけの一年間を過ごしてきた。……だけど。

森が丘くんは、中学三年の冬まで大会に出ていたし、そこでもすごい成績を残していたことを僕は知ってる。剣道の厳しい練習をこなしながら、あれだけ難しいテスト問題で満点を取るなんて……心の底から尊敬してしまう。

『……以上をもって、入学のご挨拶と代えさせていただきます。新入生代表、タケシ・モリガオカ』

森が丘くんの新入生挨拶が終わり、講堂が拍手に包まれる。

森が丘くんは、あまり英語に自信がないと言っていたけれど……僕には、彼の英語は完璧に思えた。発音にかすかに堅苦しい響きがあるんだけど、これはドイツに留学していたという彼のお祖父様の影響だろう。

僕はアメリカ人家庭教師から英語を叩き込まれたけれど、彼の発音がやけにナンパな感じで実は好きじゃなかった。自分の発音は少しずつ変えていたけれど、ちゃんとネイティブな感じに聞こえているかどうかには、まったく自信がない。

……森が丘くんの発音、硬派な感じで格好いい。

僕は、壇を下りてくる森が丘くんに見とれながら思う。

……僕も、彼に相応しい生徒にならなきゃ。兄さんに恥をかかせないためにも、いい成績と評価を維持しないといけないし……。

僕は思いながら、教師席のほうに視線をやる。兄さんが持った小型のデジカメが、また僕を撮影していることに気づく。

……兄さんったら、さっきも僕を撮ってた。記録係なら、ちゃんと入学式を撮らなきゃダメなのに！

僕は思わず苦笑するけれど……。

空気がフワリと動き、僕は視線を上にやる。戻ってきた森が丘くんが、僕の隣に腰を下ろしたんだ。

「……お疲れ様、完璧なスピーチだったよ」

僕が囁くと、森が丘くんはほっとしたように息をつく。

「……本当に？　よかった。緊張して、何を言ったのか覚えてないよ」

……あんなに凛々しくて堂々として見えたのに、本当は緊張してたなんて……！

そのギャップに、僕の胸がきゅんと痛む。

……ああ、やっぱり森が丘くんは可愛い……！

森が丘豪

「ここの寮って、お化けが出そうでちょっと怖いよね」

俺の部屋を訪ねてきた遥くんが、部屋の中を見渡しながら言う。

「だから、ついつい森が丘くんの部屋に遊びに来ちゃうんだよね」

この学園の寮は学年ごとに分かれていて、中庭を囲む回廊でそれぞれ校舎に繋《つな》がっている。

校舎の東側にあるのは三年寮。ここは冷暖房も完備の高級ホテルみたいな建物だ。

校舎の西側にあるのが、二年寮。三年寮よりは少し古びているけれど、こっちもかなり豪華な建物。

そして、俺達一年生がいる寮は、もとは城砦《じょうさい》だったところ。数百年前に建てられた石造りの建築物。壁は石の上に壁紙を無理やり張り、床は石のまま。陽の光があまり差さない小さな窓と、見上げるような高い天井。寮の部屋を見るなり「これでは牢獄《ろうごく》だ」と言って、自主退学して国に戻った生徒もいるという伝説まであるらしい。

石だから外の気温がそのまま内部に伝わってくるうえに、冬は温水ヒーター、夏は小さな扇風機だけでしのがなくてはいけないらしい。一年生達は今から冬を怖がって大騒ぎだ。

京都にある俺の家は国から保護対象にされているような古い建物で、壁に穴を開けてエアコンをつけることができなかった。もちろん道場にもエアコンなんかないから、こういう環境には昔から慣れてる。クラスメイトにそう言ったら、「日本人って本当にすごい民族だ」と感心されてしまったけれど。

「さて、明日の予習も完了したし……」

遥くんが、教科書とノートを閉じながら言う。

彼は予備の折り畳み椅子を俺の部屋に持ち込んで、俺のデスクで一緒に勉強をしている。備え付けのデスクはダイニングテーブルみたいに大きなものだけど、すぐそばに彼が来るとやっぱり落ち着かない。

「……もっと大きな問題について、話し合わない？」

「大きな問題？」

俺が聞くと、彼は深くうなずいて、

「そう。この学園の寮にはいろいろな珍しい伝統があるんだけど……その中で、キング制度っていうの、聞いたことがある？」

「キング制度？　いや、聞いたことがないけれど……」

俺が言うと、遥くんは姿勢を正して、俺の顔を覗《のぞ》き込んでくる。

「森が丘くん、この寮のキングの筆頭候補にされてるよ。ちゃんと知っておいたほうがいい。僕が説明してあげる。兄さんから、詳しく聞いてきたから」

「俺がキング候補ってどういうこと？　この寮には、本物の王侯貴族が何人もいるのに？」

俺が不思議に思って言うと、遥くんは、

「キング制度に、本人の生まれは関係ないんだ。学力や運動能力、それにほかの生徒からの信頼度が重要らしい。寮の生徒全員の投票で決まるものだからね。……で、一番票数の多かった生徒がキング、次点の生徒がプリンス、三位の生徒がナイトと呼ばれるようになるんだ」

「いったい、何をするものなのかな？　ただの人気投票？」

「そうじゃなくて……どうやら、要するにキングが寮長、プリンスが副寮長、ナイトが風紀係の役目を果たすらしいんだ。その三人は寮で大きな権力を持つことになるから、カリスマ性や人格も重要視されるんだって。その学年の代表として恥ずかしくない存在じゃないといけないらしいよ」

遥くんは深刻な顔をして、

「だから、例えばキングに選ばれたとしても、成績が落ちたらリコールなんてこともあるみたい。もちろん卒業までは寮のメンバーは変わらないわけだから、すごく居たたまれない感じになりそうだけど」

その言葉に俺はため息をつく。

「ただの雑用係なら、もちろん喜んでやるけど……権力云々《うんぬん》は俺には向いていないよ。第一に、俺みたいな地味なヤツに投票する生徒なんかいないだろうし」

「いや、それが！」

遥くんはノートに挟んであったプリントを取り出す。

「これ、新聞部の事前アンケート！　これを見てよ！」

彼が広げた紙に、俺は目を落とす。

「キング候補第一位、タケシ・モリガオカ？」

そこに印刷してあった順位に、俺は本気で驚いてしまう。

「二位や三位になっている生徒は、成績もいいし、本物の大富豪の御曹司《おんぞうし》じゃないか。どうして俺なんだろう？」

「だから。森が丘くん、めちゃくちゃ人気あるんだよ」

遥くんはなぜか怒った顔になり、

「君の渋さをわかるのは僕だけだと思ったのに……みんな、意外に見る目があるんだから。これ以上君が人気者になったら困る」

「これ以上って……俺は人気なんか少しもないけど」

「嘘だよ。授業の後、質問したいっていう生徒が、君の机の前に列をなしてるじゃない」

「それは単純に、先生に聞くよりもクラスメイトに聞くほうが聞きやすいからじゃない？」

「そうじゃないよ。君になんとか近づこうとしてるんだってば。ほかにも、食事の時に君と同じテーブルに着こうとして、水面下で熾烈《しれつ》な争いが起きてるんだから。あとは、上級生が……」

遥くんは言いかけて言葉を切り、ため息をつく。俺はいやな予感を覚えながら、

「上級生が？　まさか、君が何かいやな目に遭ったとかじゃないよね？」

その言葉が当たっていたことを証明するかのように、遥くんの秀麗な眉がキュッと寄せられる。だけど彼はすぐにいつもの明るい笑みを浮かべて、

「違うよ。そんな目になんか、遭ってないよ」

「本当に？」

俺は彼の目を覗き込みながら言う。彼は小さく息を呑《の》み、それから俺から目をそらす。

「何かあったんだね？」

重ねて言うと、遥くんは観念したようにため息をつく。

「ごめん、たいしたことじゃないんだけど……三年生に、お母さんが揃ってハリウッドスターっていう、有名な美形三人組がいるでしょう？　学校内でも一番派手な感じのグループを仕切ってて、リーダーの名前は、ニコール・バトー」

俺は少し考えてから、

「同級生ならともかく、上級生の名前までは、覚えていないんだけど……」

「うわあ、こんなこと言ってる。でもそのクールなとこが、またたまらないんだけど」

遥くんは深いため息をつき、

「生徒用のダイニングで、何度も話しかけてきたじゃない。『誰か、この席に来る人はいる?』って。そのたびに君は『はい。すみませんが、席は空いていません』ってあっさり断って……」

「えっ?」

俺は本気で驚いてしまいながら、

「あれって、普通に席を探していただけなんじゃ……?」

「違う。あれはこの学園の生徒独特の隠語で、『今、意中の人はいる?』っていう意味なんだって。あの三人にそう言われたら、ほとんどの生徒が『席はいつでも空いてます』って答える。あの三人は本物の映画スター並みに人気があるから」

「いや、でも本当に席は空いていないし。俺はいつも君と食事をする約束をしているし」

俺が言うと、彼はなぜか微かに頰を染める。

「それって、この学園の言葉に直すと……僕と恋人として付き合ってる、ってことになるんだけど」

「えっ?」

その言葉に、俺は不思議なほどの衝撃を受ける。

「そうなんだ？　知らなかった。英語は難しい。……俺にそんなふうに言われたら、君が迷惑してしまうよね。なんて言えば正しい意味になるのかな？」

「……っていうか……」

遥くんはなぜか俺から目をそらしたまま、さらに頬を染める。

「そう言われても、僕は、全然迷惑じゃない。逆に、嬉しいくらい」

「えっ？　それってどういう……？」

また聞いてしまうと、遥くんはふと苦笑する。

「そんなの秘密。好きな解釈をしていいよ？」

イタズラっぽく言って、それから、

「キングの件は置いておいて……あと、この学園にはひそかにプリンセスと呼ばれる地位があるんだ。ニコール・バトーは、三年寮のプリンセス。プリンセスの争いは激しいみたいで、三年連続でプリンセスだったのは、うちの兄さん以来の記録だって聞いた」

「プリンセスも、寮の雑用をする係なのか？」

俺が聞くと、遥くんはなぜか言葉を切り、それから、

「プリンセスは、非公認なだけにちょっと危ない称号らしいんだ。よく言われるのは、キングの公認の恋人？」

「えっ」

その言葉に、俺は本気で驚いてしまう。遥くんは慌てたように、

「あ、兄さんはもちろんそんなことはしてないよ。それどころか、迫ってくる生徒を全員蹴散らして、歴史に残る乱暴者のプリンセスと呼ばれたみたいだし」

「あ、いや、驚いたのはそこにじゃないよ。圭先生が実は真面目な人だって伝わってくるし。そうじゃなくて……」

俺は、遥くんの顔を見つめて言う。

「公認の恋人って……男同士なのに？」

「男同士なのに、だよ」

遥くんはすごく真面目《まじめ》な顔で言い、それから、

「この機会に聞いておくけど……森が丘くんってそういうことに偏見のある人？」

「そういうこと？」

「ええと……男同士で、恋愛すること」

彼の口から出た衝撃的な言葉に、俺はしばらく呆然としてしまう。

「ええと……よくわからない……っていうか……」

なんだか妙に混乱してしまいながら、髪をかき上げる。

「この年齢じゃ恥ずかしいのかもしれないけど……俺、ずっと剣道ばかりやっていたから、誰かと付き合ったこととかまったくないんだ。だから男同士だからどうのっていうよりも、

わけがない。だから……？

「今まで、誰とも付き合ったことがなかったの？」

遥くんに聞かれて、俺はドキリとする。遥くんみたいな可愛い子を、周囲がほうっておく

恋愛が何かってこと自体がわからない」

「そうだよ。……遥くんは？　誰かと付き合ったことはある？」

思わず聞いてしまってから、俺は慌てて、

「ああ、ごめん。プライベートなことだよね。答えてくれなくても……」

「ないよ」

遥くんが俺の言葉を遮って言う。

「誰とも、付き合ったことなんかない。ずっと身体が弱くてそれどころじゃなかったし、健康になってからは剣道、さらに受験勉強があって、そんな暇はなかった。だから……」

彼の美しい紅茶色の瞳が、俺の目を覗き込んでくる。

「……この学園では、誰かに恋したいと思ってる」

「……えっ」

その言葉が、なぜか俺の心臓に突き刺さる。

……遥くんが、誰かに恋を……？

思ったら、全身から血の気が引く気がする。

「もしかして、もう……」

「好きな人がいるかどうかは秘密！」

遥くんは俺の言葉を遮り、それからふいににっこりと笑う。

「もしかして、好きな相手は君かもしれないよ？」

……遥くんは冗談を言ってるだけだ。でも……。俺はその笑顔に見とれてしまいながら思う。

……もしそうなら、どんなに素敵だろう……？

北大路遥

だけど、僕はどうやら上級生達から目をつけられてしまっているようで……。

……まったく、面倒事をすぐ引き寄せるこの体質、どうにかならないんだろうか？

夕食の後、ダイニングルームから寮に帰る途中で、僕は上級生達に取り囲まれた。森が丘くんは廊下で生徒会長に呼び止められて、何かを話しかけられていて……どうも、生徒会役員に勧誘されていたみたい。

……森が丘くんがいる時には、絡まれないんだけど……やっぱり、彼と僕が離れるのを待ってたんだろうか？

「君がドクター・キタオオジの弟さん？」

僕を取り囲んでいる生徒は五人。ネクタイの色はブルーだから、二年生だろう。

たった一学年違うだけなのにやけに大人っぽい生徒が多くて、ちょっと戸惑う。日本の高校生よりずっと身体も大きいから……こうして間近に見下ろされると、自分がチビなことを思い知らされるみたいでちょっとムッとする。

……けど、そんな感情を顔に出したらダメだってば。

僕は自分に言い聞かせ、にっこりと笑いながら彼らを見渡す。

「はい。ハルカ・キタオオジといいます」

「うっわ、か〜わいい〜！」

「決まってるだろ？　ドクター・キタオオジの弟だぜ？」

「さすが、ものすごい美形だなあ。この子は純情系、ドクターはエッチ系だから、雰囲気はあまり似てないけどね」

好き勝手なことを言われて、ますますムッとする。

兄さんはどこもかしこもすごく綺麗で、だから時々、やけに色っぽく見える時がある。でも本当はすごく真面目で、恋愛に関してもきちんとした常識を持ってる。っていうか、それを通り越して堅物に近い。ものすごくモテるのに、浮いた噂一つなかったくらいだ。だから、見た目だけで兄さんをエッチな人みたいに言われると、僕はすごく頭にきてしまうんだ。

「僕は純情ではないし、兄さんはエッチではないです」

思わず言ってしまうと、上級生達はちょっと驚いた顔をする。それから揃っておかしそうな表情になり、

「あはは、まあ、弟さんから見たらそうだろうね。でも、ドクター・キタオオジは、すぐに服を脱いで生徒を誘惑……」

「やめとけよ。あれは日光浴のためだって本人は言い張ってるんだから」

「かわいそうだろ？　ハルカくんは知らないほうがいいって」

いかにも意味ありげに言われて、僕は拳を握り締める。

……兄さんは昔から暑がりですぐに脱いじゃう癖があるし、面白がって人をからかうのが好きだ。でもそれはエッチなせいじゃなくて、心は少年のまま身体だけ大人になっちゃったような無垢《むく》な人だからで……。

「っていうか、俺は君が純情じゃないってほうが気になるよ？」

上級生の一人が、にやにやしながら僕に顔を近づけてくる。

「じゃあ、キスとかしても怒らないのかな？　この可愛い見た目で中身がエッチなら、もう最高なんだけど」

……彼らは上級生でこれから長い付き合いになるはず。だからモメるのはヤバイって解ってる。でもこんなふうに言われたら……。

僕がきつく拳を握り締めた時、ふいに誰かが、僕の腕を後ろからそっと摑んだ。

「……失礼します」

頭の上から聞こえた、地の底から響くような低い声。にやにやしていた上級生達が、僕の肩越しに後ろを見てぎょっとした顔になる。彼らの視線が上を向いているところを見ると、僕の後ろに立っているのはそうとう身長の高い人物のはずで……。

……この低音の美声、かなりの長身といえば……。

僕はゆっくりと振り返り、そこに森が丘くんが立っていたことに不思議なほどホッとしてしまう。

「……森が丘くん……」

見下ろしてくるのは端整な美貌《びぼう》。漆黒の瞳がどこか心配そうに翳《かげ》っている。大丈夫？　というように眉をチラリと上げられて、僕は慌てて笑みを浮かべてみせる。

……うん、君のおかげで、大丈夫になった。

僕はうなずいてみせて、それから先輩達を振り返る。

「すみません、僕、森が丘くんと約束があるので、これで」

にっこり笑って、踵を返す。森が丘くんと並んで歩きながら、さりげなく彼の腕に触れる。

「ねえ、森が丘くん。勉強は、僕の部屋でやらない？　ほかの人がいないほうが落ち着くし。ねえ、いいでしょう？」

歩きながら、彼の手をそっと握る。もちろん、指と指を絡ませる恋人つなぎだ。

これは、先輩達に見せるためだったけど……本当はずっとこうしたかった。森が丘くんは驚いたようにするけれど、僕の手を離したりはしなかった。

後ろで、先輩達が失望したように小さく声を上げたのが聞こえてくる。

「……嘘だろ？　あの二人って……？」

「……ちくしょ、出遅れたか……？」

悔しそうに言い合っている言葉に、僕は思わずにやりと笑ってしまう。

……今の僕は、森が丘くんに夢中なんだ。面白がってセマられるのは迷惑だって、これで解ってくれるといいんだけど。

「君の部屋で？　迷惑じゃないか？」

いつもの無表情、声も落ち着き払って聞こえるけれど、森が丘くんがちょっと動揺してるのが解る。だって、握った時、手がビクッと震えてたし。

「ほかの人に来られたら迷惑だけど、君ならいいよ？」

見上げて、とっておきの笑顔を浮かべてみせると、森が丘くんがわずかに眉を寄せる。まるで怒ってるみたいな顔だけど、頬が微かに染まってる。

……うわあ、照れてるんだ！　可愛すぎる！

「もしかして、森が丘くんは迷惑？　僕の部屋に来るのは嫌？」

「いや、そんなことは……」

「じゃあ、決まりだね！　早く早く！」

僕は森が丘くんの手を握ったまま、寮に向かう道を走り始める。森が丘くんは僕の速度に合わせて走ってくれながら、クスリと笑う。

「遥くんって、時々子供みたいだ」

彼の笑みがやけに優しく見えて、ドキリとする。

「子供じゃないってば」

わざと拗《す》ねた顔をしてやると、彼はまた微笑んで、

「そんな顔をすると、ますます子供みたいだよ」

手をつなぎ、月明かりの下を並んで走りながら、森が丘くんがまた笑う。それから、

「……すごく可愛い」

照れたように目をそらし、ボソリと呟《つぶや》く。微かに聞こえたその言葉に、頬が熱くなる。

……ああ、こんなことで、胸がキュンキュンしちゃうなんて。

彼の手を握った手にギュッと力を入れながら、そう思う。

……僕はもう、本当に彼に夢中みたいだ。

……彼が手を繋いだのは、先輩方に見せるためだ。

彼と並んで走りながら、俺は自分に言い聞かせる。

……だから誤解するな。彼のような人が、俺に特別な気持ちなどもつわけがない。

祖父の命令でこの聖イザーク学園を受験したし、入学試験にはなんとか合格することができたけれど……。

……紺碧《こんぺき》のエーゲ海を見下ろす校舎、古い城を改築した学生寮、優雅で煌びやかな学生達。

何もかもが、やっぱり俺には不釣合いで……。

俺は思うけれど、美しい遥くんと一緒にいるだけで、自分までが夢の世界の住人みたいな気がしてくる。

……ああ、好きになって欲しいなんて言わない、せめてずっとこうしていられたら……。

「ああ……こんなに走ったら、すぐに寮に着いちゃうね」

遥くんが言いながら、走るスピードを落とす。

「ちょっとだけ、座っていかない？」

彼は言って俺の手を離し、道沿いに置かれたベンチにすとんと腰を下ろす。いたずらっぽい顔で見上げてきて、

「こういうの、楽しいね。ずっと走っていたいかも」

言うけれど、彼の肩は大きく上下し、呼吸が不自然に乱れている。

「大丈夫？　苦しいんだね？」

俺は彼の顔を覗き込みながら、思わず聞いてしまう。彼の速い呼吸音に、聞き覚えのある甲高い雑音が混ざっていたからだ。

「喘息《ぜんそく》だったのか？　弟と同じだ」

心配で、思わず眉を寄せる。

「俺の弟も小さい頃に喘息で、急に走るとそんなふうになった。夜中に発作を起こすこともあったから、いつも油断できなかったんだ」

俺は彼の隣に座り、背中を手のひらで撫《な》でてやる。

「苦しいか？　大丈夫？　最近、発作は？」

呼吸音に耳を澄ますと、もう雑音は微かになっているが……。

「発作は、もう十年以上も起きてない。子供の頃の名残《なごり》で、ごくたまに……」

彼は白い手で自分の胸を押さえ、肩を大きく上下させて呼吸を整える。

「ちょっとだけ、ゼエゼエしちゃうだけ。落ち着けば、すぐ治るから」

「念のために、圭先生のところに行こう。万が一のことがあったら大変だ」

「大丈夫だから、本当に。兄さんに知られたら、大騒ぎになっちゃう」

遥くんは苦笑しながら、俺の手をキュッと握り締める。

「それに、もう治まったから。……聞いてみて」

言って、手のひらで自分の胸を指差す。俺は身を屈《かが》め、彼の胸に耳を押し当てる。

耳をすませると、さっきの嫌な雑音はもう治まっていた。聞こえてくるのは、静かになった呼吸音と、わずかに速い心音。

「ね？　大丈夫でしょう？」

彼のひそめた声が、胸から直接響いてくる。俺はうなずいて、

「心臓の音が聞こえる。小さくて、速くて……小鳥みたいだ」

遥くんがクスリと笑って、俺の頭をふいに抱き締める。

「森が丘くんの髪の毛、黒くて硬そうに見えるけど、けっこう柔らかいんだね。大きいワンコを抱いてるみたい」

我を忘れていたけれど……今頃になって気づく。鼻腔《びこう》をくすぐっているのは、いつもみたいな淡い桜の香りじゃない。もっと甘くてどこか色っぽい、レモンとハチミツを混ぜたような香り。薄いシャツ越しに感じるのは、彼の少し熱い体温と、平らなのに不思議と柔らかい

胸の感触。

……この薄いシャツ一枚の向こうに……。

俺は、呆然としたまま思う。

……遥くんの裸がある……。

そう思っただけで、眩暈がする。

彼の首筋や手首の肌を見ただけで、彼がどんなに白くて柔らかい身体をしているかがよく解る。直《じか》に見たら、きっと眩暈がするほど美しいはずだ。

身体の奥から、じわりと熱が湧き上がる。とてもいけないことだと解っているのに、シャツの向こうの肌を想像しそうになる。

「前から思ってたけど……」

俺の頭を抱き締め、髪に顔を埋めた遥くんが囁いてくる。

「森が丘くんって、すごくいい匂いがするんだ。何か、コロンとかつけてる?」

「つけてない。……ごめん、俺、汗臭いかも……」

頬が熱くなるのを感じながら、彼から身体を離す。

「それに、ごめん。馴れ馴れしく胸に耳を当てたりして……」

言って、今さらながら、とんでもないことをしたと思う。少し驚いた顔をしていた遥くんはクスリと小さく笑って、

「呼吸音を聞いてって言ったのは僕だよ？　どうして謝るの？」

「ああ……いや……その……」

俺は、さらに頬が熱くなるのを感じる。本当なら逃げてしまいたいけれど、遥くんの手が俺の手をキュッと握って逃げられない。彼は俺の顔を覗き込みながら、

「どうして？　もしかして、エッチな気持ちになったとか？」

いたずらっ子のように、無邪気な口調で言う。

……彼はきっと、冗談で言っているだけだ。だから冗談で返さなくては。なのに……。

図星を指された俺は、言葉につまってしまう。

……ああ、俺がこんな人間だということを知られたら、きっと彼に軽蔑されてしまう。せっかく友人になれたのに……。

自分の無骨な手をしっかりと握る、美しい華奢《きゃしゃ》な手を見下ろしながら思う。

……彼はどこもかしこも綺麗で、都会的で、何もかもが、野暮な俺には不釣合いだ。そんなこと、よく解っているのに……。

彼ともう二度と口を利けなくなるのでは……そう思っただけで、死んでしまいそうなほどつらい。だが……こんなに大切に思っている彼に、嘘はつけない。

俺は、うつむいたままで告白する。

「君の身体はあたたかくて、すごくいい香りがして……だからつい、君の身体は、直に見た

らどんなに綺麗なんだろうって思ってしまった。……こんなの、気持ちが悪いだろう？　俺も、自分で自分が理解できなくて……」

彼に向かって、できるだけ深く頭を下げる。

「すまない、遥くん。友人である君にこんな劣情を抱くなんて、俺は、なんて汚い……」

「ねえ、僕も告白していい？」

遥くんが、ふいに俺の言葉を遮る。驚いて顔を上げると、たじろいでしまうほど近くに、彼の顔があった。

こんな時なのに、彼の滑らかな肌と整った顔に、思わず見とれてしまう。

「胸に耳を当てさせたのは、ある目的があったからだよ」

彼の言葉に、俺は少し驚く。

「目的？　呼吸音を聞くためだろう？」

「それはそうだけど……」

彼の紅茶色の瞳が、いたずらな猫のように光る。

「……呼吸音って、普通は背中で聞くよね？」

「ああ……そういえば……」

弟の呼吸音をたしかめるために、よく背中に耳を押し当てたことを思い出す。

「もしも相手が君でなければ、胸に耳を当てさせたりはしなかった」

遥くんの顔に、ふいに屈託のない笑みが浮かぶ。

「君が、エッチな気持ちになればいいと思ったんだ。そうなってくれて嬉しい……っていうか、もっと暴走してくれてもよかったんだけどな……」

彼の言葉がとっさに理解できず、彼の顔を見つめる。

「……それって……どういう……？」

呟いた声が思わずかすれてしまう。遥くんはクスリと笑って、

「それを僕に聞くの？　そんな純情なところも、君らしくて好きだけど」

彼の口から出た「好き」という言葉に、ドキリとする。

……好き？　遥くんのような眩い人が、俺のことを？

呆然と思い……それから心の中で慌てて否定する。

……いや、違う。彼は、野暮な俺を傷つけないためにそう言ってくれただけで……。

遥くんは、言葉を待つかのように、俺の顔を真っ直ぐに見つめている。月明かりの下で見る彼の紅茶色の瞳は、昼間見るよりも憂いを帯びて見える。

「遥くん、俺は……」

言葉を口にするけれど、どう続けていいのか解らなくなる。遥くんは一瞬だけ苦しげな顔になり、それからふいに笑みを浮かべる。

「あはは、ごめんね。もう気にしないで」

明るく言い、勢いよく立ち上がる。

「部屋に帰ろうか。やっぱり勉強は、それぞれ自分の部屋でしよう」

遥くんは言って、いたずらっぽく片目をつぶる。

「だって僕、君と二人きりになったら暴走しそうだし」

俺の胸が、甘く、強く締め上げられる。

……ああ、出会ったばかりのこの美しい彼に……。

俺は呆然と彼を見上げながら思う。

……俺は、どうしようもなく、魅《ひ》かれてしまっている……。

北大路遥

……ああ、僕、森が丘くんが本当に好きだ……。

部屋に戻った僕は、閉めたドアに背中を預けてため息をつく。

優しい森が丘くんは、僕が言ったとおりに胸に耳を当ててくれた。僕は彼に抱き締められていることに胸を熱くし、鼓動を速くした。

……あんなふうに誘惑するのはフェアじゃないってことくらい解ってる。でも、彼に少しでも近づきたくて、我慢できないんだ……。

森が丘くんの身体は、アスリートらしいしなやかな筋肉に覆われていて、本当に触り心地がよかった。しかも彼の身体からは、ものすごくいい香りがして……僕は陶然とした。

絞りたてのレモンと爽やかな針葉樹、それにセクシーなムスクを少しだけ混ぜたような大人っぽい香りは、僕の理性をふわりと曇らせた。そばにいくといつも感じてた芳香だけど、彼の頭をそっと抱き締めたら、ムスクの香りが強くなった気がした。彼が発情してくれていればいいのに、そんなふうに思ってしまった。

……ああ、僕が攻める側じゃなくてよかった。もしも僕が攻める側だったら、今頃森が丘くんは無事ではすまない。彼はあっという間に服を脱がされて、その身体のすべてを僕に奪われてしまって……。

僕は思い、そして思わずため息をつく。

……ああ、もしも彼が同じように思ってくれたなら、迷わずに実行してくれていいのに。

僕は、すごく嬉しいのに。

でも優しくて自制心の強い森が丘くんは、絶対にそんなことはしないだろう。もしかしたら、卒業までこの状態が続いてしまうかもしれない。学校では一緒だったけれど、卒業したら僕らは別々の道を歩み始め、そんなことをしている間に、彼には女性の恋人が……。

……そんなの、絶対に嫌だ！

僕は拳を握り締めて思う。

……僕は在学中に、森が丘くんと最後までやる！　絶対にやる！

そのためには、二人の仲を進展させる、何かのきっかけが必要で……。

僕は思い、それからあることを思い出してハッとする。暗いままだった部屋の電気を慌て点《つ》け、勉強机に駆け寄る。そこには、授業の時にもらった、学園祭に関するパンフレットが置かれていた。僕はそれをめくり、中を読んでみる。

……学園祭、かなり大きな行事みたいだ。これは、チャンスかもしれない。

パンフレットによれば、学園祭は三日間。新入生が学園に馴染めるようにという意図もあって、かなり盛大に行われる。保護者も正式に招待されて、学園内は文字通りお祭りみたいな賑《にぎ》やかさになるみたいだ。

学園祭の内容も、日本の学校みたいな地味なものではなくて、演劇、オペラ、コンサートなど。演目もかなり難しいものばかり。そして最後の夜には全校生徒で作り上げる野外オペラの公演があるらしい。その後で保護者も交えた舞踏会が行われる。

……これだ……！

僕は拳を握り締めて思う。

……この学園祭期間で、なんとか森が丘くんともっと親しくならなくちゃ……！

◆

「だから！　学園祭のオペラの配役は、ものすごく大事なんだってば！」

言ったのは、同じAクラスのマイケル。隣のBクラスのロジャーが深くうなずいて、

「うちの親も、学園祭のオペラをすっごく楽しみにしてるんだ。僕は歌が苦手だけど、ほんのチョイ役でいいから、舞台に立ちたいなあ」

「僕も！　ただの村人その一でもいいから、なんとか出演しなきゃ。だって、一生の記念じ

ゃない?」

言ったのはCクラスのルパートだ。

マイケル、ロジャー、ルパートのこの三人組は、兄さんの腹心ともいえる保健委員の一年生メンバーだ。兄さんに近づくことが目的で保健委員に立候補するヤツは毎年めちゃくちゃ多いらしいんだけど、そういうヤツはみんな保健委員長の権限で落とされるみたいだ。この三人は、新一年生の中でも特に小さくて可愛い三人組。絶対に兄さんに迫ったりしないだろうって基準で選ばれたらしい。

とはいえ、三人とも可愛い顔に似合わずけっこうしっかりしてるし、保健委員の仕事も真面目に勉強してるみたい。こういう子達が周囲をきっちり固めてくれていれば、ちょっと安心かもしれない。まあ、兄さんは麗しい見た目に似合わず子供っぽくて暴走しがちだから、止めるのは大変そうだけどね。

僕らがいるのは、一年寮の屋上だ。緑に囲まれた校舎の向こうに、美しい紺碧のエーゲ海を見渡せて、ものすごく景色がいい。普通の生徒は上っちゃいけないんだけど、寮長である森が丘くんはここの鍵を渡されているし、兄さんから「毎年恒例の寮長特権で、屋上を自由に使っていいんだ。その代わり、いつも綺麗に掃除をしておくように」ってお墨付きをもらってる。今日は天気がいいから、僕はカフェで買ったサンドイッチとポットに入れたコーヒーを持って、森が丘くんをここに誘った。二人きりでピクニックにする……予定だったのに、保健委員の三人組にみつけられて、「話がある」と言いながらついてこられてしまった。

……もう！　せっかく、ロマンティックなランチにしようと思ったのに！

屋上に敷いたピクニックシート。僕の隣に座った森が丘くんが、小さくため息をつく。

「ん？　どうしたの？」

僕が聞くと、彼はなんだか複雑な顔で、

「保護者というのは、やはりそういうのが嬉しいのかな？　お祖父様から、『学園祭のオペラには必ず出演するように』という手紙が届いたんだ」

紙コップに注いだコーヒーを一口飲んでから、彼は憂わしい顔で言う。

「俺、歌にはもちろん自信がないし、演技なんか絶対にできない。演目が『トゥーランドット』なら、村人の一人だとしても、合唱がある。出るのは無理だ」

マイケル、ロジャー、ルパートの三人組は目を丸くしてその言葉を聞き、それから何か言いたげに顔を見合わせている。

「ううん、それは無理だと思うよ。いや、出るのが無理なんじゃなくて、出ないのが無理」

「そうそう、声楽の先生、モリガオカくんの歌を聴いて、めちゃくちゃ盛り上がってた」

「絶対に、モリガオカくんを推薦してるよねえ。あ、もちろんハルカくんも推薦されるだろうけど」

その言葉に、僕は驚いてしまう。

「僕も？　だって僕、歌なんか自信ないよ。でも兄さんが喜んで写真を撮ってくれるだろうから、村人その一にはなれたらいいなあ」

言うと、三人はそろってかぶりを振って、

「それこそ、無理無理無理」

「ダブルで無理」

「ハルカくんが端役でケイ先生が客席で観てるなんて、そんなの絶対ありえない」

「どうして？」

不思議に思って僕が聞くと、ルパートが、

「これ、今年の主役候補だよ！　放送部の部長から、情報をもらってきたんだ！」

言ってメモを取り出して広げ、ほかの二人が手元を覗き込んでいる。

「うわあ、やっぱりねえ」

「だと思った！」

二人の言葉に、僕も慌ててメモを覗き込む。

「トゥーランドット姫……ケイ・キタオオジ先生。カラフ王子役……アレッシオ・リッツォ先生、シャムス・アル・ディーン。ええっ、学生会長？」

僕が言った時、屋上に設置されていたスピーカーから、臨時放送のジングルが聞こえた。

「ほら、放送が始まるよ」

ルパートが言って、口の前に指を上げてみせる。

『臨時放送です。すでにそれぞれの学級委員からお知らせが渡っていると思いますが……学園祭のオペラのメインキャストに関するアンケートをお願いしたいと思っております』

響いたのは、学生会長、シャムス・アル・ディーンの声だった。その気取りまくった口調に、三人が眉をひそめている。

『お知らせにもあったとおり、今回の演目は「トゥーランドット」。この学園の長い歴史の中でも類を見ない、本格的なオペラになることを目指しています』

「やっぱり『トゥーランドット』になったのか。かなり難易度高いよね」

僕が言うと、三人が揃って「シーッ！」と言う。スピーカーからアル・ディーンの声が、

『今回のメインキャスト候補は、お知らせにもあったとおり、事前の学生会議で決めさせていただきました。いずれも声楽のテストで優秀な成績を取った生徒、そしてオペラに精通する教師の皆さんです。それでは、まずはカリフ王子の筆頭候補……』

そこまでで、なぜかアル・ディーンの声が途切れる。何かの事故かな、と思うけれど、どうやら席を交替したみたいだ。マイクを直す音に続いて、放送部長の声が、

『学生会からの推薦で、学生会長のシャムス・アル・ディーン。声楽の授業でも高い成績をおさめています。……それでは、アル・ディーンが歌っている「誰も寝てはならぬ 〜Nessun dorma〜」の冒頭部分を放送します』

ピアノの前奏に引き続いて、スピーカーからいきなりアル・ディーンの歌声が響き渡る。気取りまくった発音と、どっかのテノール歌手の真似みたいなビブラート。いかにもオペラっぽく聴こえるけど、声は喉声だし、音程が全然安定してない。はっきり言って……ド下手だ。

「うわ～ん！」

三人はあからさまに嫌そうに叫んで、耳をふさぐ。

「聴きたくないよう！」

この学校は音楽にも力を入れていて、声楽の授業もかなり本格的。テストの時にはかならず歌を録音されるから……多分、それを流しているんだろうけど……。

「これで及第点だったなんて、信じられないよ」

僕は思わず言ってしまう。

「森が丘くんの歌声を、聴かせてやりたい。ものすごく上手なんだから！」

同じクラスのマイケルが深くうなずき、ほかのクラスのロジャーとルパートが身を乗り出してくる。

「噂にはなってたけど、そんなにすごかったの？」

「A組の子が、『歌を聴いて大ファンになっちゃった』って騒いでたけど、本当なんだ？」

二人の言葉に、森が丘くんは慌てたようにかぶりを振って、

「まさか。俺は歌は苦手だし、声も低くてヘンなんだ。きっと冗談だよ」

言うけれど……二人はまったく信用してない顔だ。僕はあの時の森が丘くんのものすごい美声ととんでもなく上手な歌を思い出して、陶然とするけれど……。

「アル・ディーン、一年生を苛めるのが趣味って本当かな？」

マイケルの心配そうな言葉に、ハッと我に返る。

「本当らしいよ。目が合っただけで因縁つけられたことあるもん」

「ガタイの大きい家来を従えちゃって、やな感じだよね！　しかも、ケイ先生の前では別人みたいにいい生徒を演じてるんだよ？」

三人はムカついたように言いながら、サンドイッチを頬張っている。

「兄さんの前では別人みたい？　それってどういうこと？　兄さんのファンなの？」

僕が聞くと、ルパートがうなずいて、

「そう。……っていうか、ハルカくんも気をつけて。裏でいろいろ言われてるから。本当にムカつく！」

「裏でいろいろ言われてる？　ああ……別にやっかみの悪口とか、気にしない。勝手に言わせておけばいいよ」

僕が言うと、三人は驚いた顔で僕を見つめ、それから、

「ああ……ハルカくんのそういうところ、やっぱり格好いい！」

「見た目は可愛いのに、中身は意外に『男』って感じなんだよねえ！」

「だからファンが多いんだよね！　わかるわかる！　……ああ、言われているのは悪口じゃなくて……アル・ディーンは、『キタオオジ兄弟のどちらかを、必ず自分のものにする。なんなら両方でもいい』とか言ってるらしい」

ルパートが、心配そうに眉を寄せて言う。僕の隣で黙って聞いていた森が丘くんが、

「それ、どういうこと……？」

地の底から響くような低音の声に、ルパートは慌てたように、

「いや、もちろんあいつが勝手に言ってるだけだよ。もちろん用心はしたほうがいいけどね」

……森が丘くん、もしかして怒ってくれてる？

僕が嬉しくなった時、やっとアル・ディーンの耳障りな歌が終わった。スピーカーから、放送部長の声が、

『それでは次に、放送委員会からの推薦で、アレッシオ・リッツォ先生。アレッシオ先生はこの学園の卒業生で、彼の実力にはロマノフ先生も一目置いていたそうです』

「やっぱりリッツォ先生だ！」

「ものすごい美声で、未だに伝説になってるって音楽の先生から聞いたよ？」

「わあ、楽しみ！」

『……それでは、アレッシオ・リッツォ先生が歌っている「誰も寝てはならぬ～Nessun

dorma～」の冒頭部分を放送します』

ピアノの前奏に続いて、滑らかな歌声が響き渡った。僕らは言葉を忘れて、そのとんでもない美声に聞き惚れる。それはまさに、悠久の中国を舞台にした壮大なオペラのヒーローに相応しい歌声で……。

続いて流されたのは、圭兄さんの歌う『この宮殿の中で　～In questa Reggia～』。すごい難曲だけど、兄さんはキラキラ煌めくクリスタルみたいに透明な声で、それを完璧に歌い上げた。比類なく麗しく、氷のように冷たく、だけど並外れて繊細な心を持つトゥーランドット姫に、本当に相応しい歌声だった。

「……二人とも、すごいな……」

陶然と聴いていた森が丘くんが、かすれた声で言う。

「……これならきっと、このオペラは、大成功……」

『それでは次に、アルトゥーム皇帝候補……』

放送部長の声が、森が丘くんの言葉を遮る。

『一年生、タケシ・モリガオカくん。沈着冷静、成績優秀、さらに眉目秀麗な彼は、新入生の間で不動の人気を誇るキングでもあります』

森が丘くんは彼らしくない呆然とした顔で、スピーカーを見上げる。

『アルトゥーム皇帝の曲のサンプルは残念ながらありませんでしたので、声楽のテストの際に録音された、彼の歌う「誰も寝てはならぬ～Nessun dorma～」をお聴きいただきます』

ピアノの前奏が流れ出し、それに続いて森が丘くんの低い美声が流れ始める。彼の音程は完璧で、しかもどこか威厳がある。きっとアルトゥーム皇帝の役にはぴったりで……。

呆然としていた森が丘くんが、いきなり立ち上がろうとする。僕ら四人は一斉に彼に飛びかかり、その身体を押さえつける。僕は彼の身体にのしかかりながら叫ぶ。

「放送、止めさせないからね！　森が丘くん、ものすごく歌が上手いんだから！」

まあ、この直後には女召使のリューの候補として、僕の歌が全校に放送されちゃうことになるんだけど……その時の僕は、そんなことは想像もしてなかったんだ。

◆

「本当に僕でいいのかなあ？　すごい大役なんだけど……」

僕は改めて緊張してしまいながら、衣装の試着に向かっていた。

選挙の結果、僕達は学園祭のオペラ、『トゥーランドット』に出演することになった。ヒロインのトゥーランドット姫は学園一の美人といわれてる圭兄さん、そしてヒーローのカラフ王子は学園で一番のハンサムといわれてすごい人気のアレッシオ・リッツォ先生。僕は侍女のリュー、そして森が丘くんは低音の美声を買われてアルトゥーム皇帝。兄さんの父親の役で一緒の場面も多いから、ちょっと妬いてしまいそう。

「一応歌は好きなほうだし、選挙で選ばれたのは嬉しいけど……兄さんみたいに、完璧にオペラの曲を歌いこなせるわけじゃないからなあ」

僕がため息をつくと、隣を歩いていた森が丘くんが、

「君の歌も完璧だよ。声楽の授業では、いつも聞き惚れてしまってる」

やけに真面目な声で言って、僕は思わず赤くなる。

「ほ、本当に？」

「うん。君の声を聞くたびに、神様に選ばれた人はいるんだなと思う。君の歌は、本当に綺麗だよ」

真面目な声で言われて、なんだか胸があたたかくなる。

「そう言ってもらえると、ちょっと自信が湧いてくる。ありがと、森が丘くん」

僕が言うと、彼は微かに頬を染めながら微笑む。僕は、

「森が丘くんこそ、選ばれた人の声をしてる。すごい美声だもん」

「そんな。遥くんに比べたら……」

「ああっ、そこのお二人さんっ！」

廊下の角を曲がってきた三人組の先輩が、僕らを見つけて駆け寄ってくる。この三人はジャン・ヴェルサーチェ、ジミー・チェン、そしてエドワード・スミス。親御さんもファッシ

ヨン関係の仕事をしていて、彼らも将来はそっちに進みたいらしくて……今回の衣装には特に力が入ってる。

「今、ケイ先生とアレッシオ先生の仮縫いが終わったとこなんだ！　二人もさっさとやっちゃおう！」

三人組は、僕と森が丘くんを控え室の一つに押し込める。

「準備はしておいたから、着ておいて！」

「あ、ハルカくん、下着に関しては、言っておいたあの感じで！」

先輩に言われて、僕はうなずく。それからふと気になって、

「兄さんの衣装姿、もう見ました？　どうでした？」

聞くと、三人は本気でうっとりした顔になって、

「ケイ先生、本当に麗しかったよ！　まるでお伽噺の国から、本物のトゥーランドット姫が現れたみたいだった！」

「肌が白くて色っぽい体つきをしてるから、真紅の衣装がものすごく映えて……！」

「うん、本当に綺麗だった！」

僕はその言葉に、すごく誇らしい気持ちになる。

「兄さんは、どんな時でも本当に綺麗なんです。弟として誇らしいです」

言うと、三人は笑って、

「もちろん、ハルカくんも負けてないと思うよ」

「ほら、忙しいんだからさっさと着替え！　ほかの部屋を回ってからまた来るから！」

彼らは僕らを置いて、さっさと部屋を出て行く。両隣の部屋からも賑やかな話し声が聞こえてくるから、きっと控え室は仮縫いの生徒でいっぱいなんだろうけど……。

「俺は出ていようか？　先に着替えてくれていい。君の方が時間がかかるだろう？」

森が丘くんの言葉に、僕はやっと気づく。ここに二人一緒に押し込められたってことは、この部屋の中、二人揃って服を脱ぐってことで……。

……うわあ、森が丘くんの身体、明るいところでじっくり見てみたい！

「大丈夫！　男同士だし、気にしないよ！」

僕は慌てて言う。

「もしも気になるようなら背中合わせで着替えよう？　時間がもったいないし」

僕は言いながら、制服のシャツのボタンを外していく。森が丘くんは僕の手の動きを呆然と見つめ……それから真っ赤になって目をそらす。

「ああ、そうだね、背中合わせで着替えればいいか」

彼は言って制服を脱ぎ始めるけれど……実は、僕が向いた方角には姿見が置いてある。服を脱いでいる森が丘くんの背中がしっかり映ってるんだ。僕は手早く着替えながら、森が丘くんの姿をついつい観察してしまい……。

彼がシャツを脱ぎ捨てた時、僕は思わず息を呑んだ。

剣道は姿勢を凛々しく正す競技だから、きっと美しい背中をしてるだろうと想像はしていた。だけど……。

……ああ……なんて美しくて、なんて男らしい背中なんだろう……？

陽に灼《や》けた滑らかな肌、がっしりとした肩。きっちりと伸ばされた背骨と、大きな肩甲骨。彼の広い背中には、アスリートならではの美しい筋肉が浮き上がり……。

……まるでイタリアの彫刻みたいに完璧だ。今すぐ抱きついて、頬擦《ほおず》りしたくなる……。

「そういえば」

黒い衣装を羽織った森が丘くんが、向こうを向いたままで言う。

「さっきの下着云々というのは？　まさか、女性の役だから女性ものの下着を着けろと強制されてるんじゃ？　もしも嫌ならきちんと断ったほうがいい。言いづらいようなら、俺が言ってあげるから」

「それは言われてないから心配しないで。多分、女性ものの下着は学生会が許可しないだろうしね。僕が言われたのは……」

僕は前の仮縫いの時のことを思い出しながら、さらに衣装を身につけていく。淡いピンクのシルクで作られているのは、細いストラップのイブニングドレスみたいな衣装と、そこに羽織る長いローブ。どちらもとても凝ったつくりだ。そして……。

「……下着は日本の腰巻にしてくれってこと。衣装の下にもう巻いたから……」

僕は言いながら裾《すそ》をまくり、履いていたトランクス型の下着を脱ぐ。兄さんがお土産にくれたこれは、淡いブルーのシルクでできていて、すごく綺麗。一応僕の勝負パンツだ。

「あとは、パンツを脱げばオーケー」

「えっ？」

驚いたように振り返った森が丘くんが、僕の手の中のトランクスに目を落とす。それからいきなり今にも倒れそうな顔になり、慌てて向こうを向く。

「ちょ、待ってくれ！　その姿で舞台に上がるのか？」

「そうだよ。兄さんも同じようにすると思う」

僕は椅子に掛けてあった制服とトランクスを畳み、用意されていた籠《かご》にそれを入れる。

「トゥーランドット姫も、リューも、慎ましい時代のたおやかな女性だよ。トランクスなんかはいて男っぽい歩きかたになったら、それこそ舞台が台無しだから」

僕が言うと、森が丘くんはなにかいいたげな顔で黙る。それから、

「本番当日は、俺のそばから絶対に離れないでくれ」

「えっ？」

「とても危険だけど、俺が守る。どんなことがあっても」

真剣な顔で言われて、胸がきゅんと痛む。

……ああ、彼が心配してくれるかと思って腰巻にすることをオッケーしたけど、反応は予想以上だ！　パンツを脱いだかいがあった！

「……一年寮への伝達事項は、以上だ」

彼の名前はアレッシオ・リッツォ。俺達と同じ時にこの学園に赴任してきた化学の先生。もともとはこの学園の卒業生で、遥くんのお兄さん、圭先生の教え子だったらしい。

ここは化学準備室。俺と彼はそこに置かれたアンティークなソファで向かい合っている。この部屋は校舎の中でも一番古い建物の中にあって、一年の寮と同じような古風な雰囲気。ただ、こっちは揃えてある家具が高価なせいで、怖いというよりはアンティークで格好いい雰囲気になっているけれど。

新任の彼は一年寮に関する雑事を副学園長から頼まれているみたいで、いろいろな伝達事項は彼から知らされることが多い。だから授業以外で一番よく顔を合わせている教師はこのリッツォ先生の気がするけれど……でも未《いま》だに親しい感じはしない。彼はどちらかといえば生徒に対してクールなほうで、授業中でも冗談を言ったりなんかしないし、俺も年上の前ではしゃげるようなタイプじゃないし。

「何か質問は？」

　彼が言って、俺を見つめてくる。

　黒い髪と黒い瞳、たくさんの生徒達が一目で夢中になった、とてもハンサムな顔。きっちりと逞《きた》え上げられた身体には、仕立てのよさそうなスーツ。彼の家柄まではよく解らないけれど、趣味のいいアンティークな家具の中でも負けない大人の存在感からして、彼はきっとお金持ちなんだろうと思う。

　俺がいる森が丘家も旧家といえば旧家ではあるみたいだし、自分の一族を大切には思っているけれど……こういういかにも欧米の大貴族みたいな雰囲気の人の前に出ると、小心者の俺はやっぱりちょっと気圧される。しかも彼の美貌は、男の俺でも思わず見とれてしまうほど。まるで天才が作り上げた完璧な彫刻を前にしたかのような、非現実感に襲われる。

「特にありません」

　俺が言うと、彼が立ち上がる。

「それなら、用件は以上だ」

「ありがとうございました」

　俺は言って立ち上がろうとするけれど、振り返った彼に手で止められる。

「少し話がある。コーヒーでも飲んでいかないか？　それとも紅茶のほうがいい？」

　言いながら、壁際に備え付けられたカウンターに近づく。

「どちらでも、簡単なほうでけっこうです」

「それなら、コーヒーにしよう。ちょうど飲もうと思っていたんだ」

彼は開き戸を開けてミネラルウォーターのボトルを出し、カウンターの上に置いてある電気湯沸かし器の中に水を満たし、スイッチを入れる。

教師もアルコールは禁止だからお酒は入っていないだろうけど、その家具はもともとミニバーとして作られたものだろう。艶《つや》のあるマホガニーで作られ、表面には精緻《せいち》な彫刻が施してある。特徴的なモチーフを見て、思わず言ってしまう。

「そのカウンター、イタリア製ですか?」

自分で言ってから、自分の言葉に驚く。彼が無表情のまま振り返ったことに気づいて、俺は慌てて、

「失礼しました。プライベートなことまで立ち入ったりして」

「この家具は、学園長が選んでこの化学準備室に備え付けたものだ。だからプライベートなことには当たらないよ」

彼はカウンターに向き直り、ペーパーフィルターとコーヒーの粉をドリッパーに準備しながら言う。

「たしかにこのカウンターはイタリア製だ。どうしてわかったのか聞かせてくれないか?」

「うちにあるアンティークの家具と、同じ工房のマークが入っていたからです。うちの実家

はごくありふれた日本家屋なのですが、祖父の趣味で遊戯室が作られていて、そこに置かれているのですが」

「そういえば、君のお祖父様は、うちの学園長と親しいんだっけ？　学園長から、日本のモリガオカという一族と交流があると聞いたことがある気がするんだ。ああ……プライベートなことに答えたくなければ答えなくてもいいけれど」

彼の口調は興味本位というよりは事務的で、俺は不思議と抵抗を感じない。

「いえ、祖父の交友関係は、俺のプライベートではありませんので」

言うと、コーヒーをいれている彼が振り返ってチラリと笑う。俺は、

「たしかに、祖父と学園長は古くからの友人です。それもあって、俺はこの学園に留学することになりました。祖父から、この学園で学べば将来のためになると言われて」

「学力レベルは高いし、そのうえに風光明媚《めいび》で設備も整っている。この学園には、自分から望んで入学してくる生徒が多いと思ったんだが……君は違うのかな？」

彼が背中を向けたまま聞いてくる。俺はどうしても建前を言うことができずに、

「正直に言えば、命令されてきました。本当は日本で剣道を続けたかったです」

そう言ってしまってから、後悔する。これじゃあまるでグチを言っているようで……。

カップを持った彼が振り返り、俺に向かって言う。

「君の本音が聞けて嬉しいよ、モリガオカくん」

彼の口から出た流暢《りゅうちょう》な日本語に、俺は驚いてしまう。

「日本語、できるんですか？」

「ああ。ケイ先生と親しくなりたくて、学生時代に猛勉強したんだ。……だから、君とハルカくんの内緒話も聞き取り放題だ」

彼の言葉に、俺は硬直する。

少しずつ試したところ、この学園に日本語が解る人はまったくいなかった。だから俺と遥くんはかなり油断していた。俺は一応セーブしていたけれど、遥くんはたまに日本語でかなりきわどいことまで言ったりする。

彼は二人の間のローテーブルにコーヒーカップを置く。とても芳しいコーヒーの香りが、部屋の中に満ちる。

「どうぞ」

勧められて、俺はカップを持ち上げる。

「い……いただきます」

緊張しながらそれを飲み、その美味しさに驚く。

「とても美味しいです。先生用のカフェのコーヒーもかなり美味しかったですが、その上を行く気がします」

「二週間に一度ずつコーヒー豆をイタリアから取り寄せ、自分で毎朝焙煎《ばいせん》している。生徒だった頃よりも自由が利くのは、教師の特権かな？」

彼は言ってコーヒーを飲み、満足げな顔をする。それから、

「私が聞いたのは『君の部屋で一緒に勉強しようね』というハルカくんの言葉だけだ。別に問題はないと思うが……君や彼のファンに聞かれたら、面倒なことになるだろう？」

俺は、こんなところに日本語が話せる人がいたことに、やけにショックを受けていた。

「ハルカくんにも言って、気をつけたほうがいい。今のところ私以外には見当たらないけれど……ああ、今は怪我《けが》で療養中のこの学園の学園長も、日本語が流暢に話せるよ」

その言葉に、俺はさらにショックを受ける。

「そうなんですか？」

「彼は日本への留学経験があるからね。君のお祖父様や、ケイ先生たちのお祖父様と親しいのはその頃からだろう」

「そうなんですか。知らなかったです。ええと……」

あなたは学園長と親しいんですか、と言いそうになって、俺は慌てて口を閉じる。

「学園長とは親しいよ。今は詳しくは話せないけれど」

あっさりと見抜かれて、俺は動揺する。その様子がおかしかったのか、彼が口元に笑みを浮かべる。彫刻みたいに完璧でクールなだけだと思っていた美貌が、なんとなく何か悪いことをたくらんでいるかのように見えてくる。

「ところで、君を引き止めたのは、学園長の話がしたかったからではなくて……ハルカくんのことなんだが」

その言葉に、俺はドキリとする。

……遥くんの言葉を聞かれて、二人の仲を疑われたんだろうか？　もしかして、不純な交友を禁止するという校則に違反したと疑われて、何かの罰がある……？

思っただけで、スッと血の気が引く。

……俺なら、いつどんなことがあっても受け入れる覚悟がある。だけど遥くんにまで何か罰が下るのは……。

「そんな顔をしなくてもいい。学園内での不純な交友なら、私も覚えがあるからね。ああ、いや、あの頃はプラトニックだったけれど」

あっさりと言われたとんでもない秘密に、俺は愕然《がくぜん》とする。

「待ってください、先生。そんな情報、生徒である俺に言うのはあまりにも危険では？　普通の先生なら昔の武勇伝として聞き流されるかもしれませんが、あなたのファンはとんでもなく多いです。彼らに聞かれたら……」

「この部屋の防音は完璧だし、私は君を完全に信用している。……学園長から、『タケシ・モリガオカくんの優れた人格については、私が保証する』という言葉をもらっているし、何よりもこれまでの行動を見せてもらって自分でそう判断した」

「……あ……」

彼のきっぱりした口調に、俺は気圧される。それから、なんだか厳粛な気持ちになって、

「それは……とても光栄なことです。あなたの信頼を裏切らないように、絶対にあなたの言葉は秘密にしますから」

心から、そう誓う。真面目な顔で俺を見つめていたリッツォ先生が、ふと微笑んで、

「うん。君を心から信頼しているよ。今からもっときわどい話をしなくてはいけないので、それも完璧に口外無用だ」

その言葉に、俺は思わず逃げたくなりながら、

「これ以上のきわどい話ですか？　それは生徒である俺には聞かせないほうが……」

「私は、学生時代からケイ先生のことが好きだった。あの頃からずっと彼のことだけを思い続け、大学をやっと卒業して、この学園に戻ってきた。今は、なんとかして彼の恋人になろうと努力しているところ。君も、ハルカくんと付き合いたいと思っているんだろう？」

とんでもない言葉に、俺は愕然とし、カップを持ったまま硬直する。

「……そ……そんなこと……口にできるはずが……」

「あの兄弟は、一筋縄ではいかないよ。本人達の素直すぎる性格もあるのだろうけれど……周囲の熱狂ぶりはハンパではないからね。だから君と、共同戦線を張りたい。協力してくれないか？」

彼の言葉に、俺はまた驚く。

「共同戦線……というと？」

「それほど難しいことではないんだ。ケイ先生に対する悪巧みの噂などを耳にしたら、すぐに知らせて欲しい」

さっきまでクールに見えた彼の顔がなんとなく思いつめたように見えて、俺はハッとする。

「それはもちろんです。……圭先生のことが、心配なんですね？」

俺の言葉に、彼は深いため息をつく。前髪をかき上げながら、

「そう、心配なんだ。どうしようもなく。本当なら、ずっと一緒にいて見張っていたい。不埒《ふらち》な感情を持って彼に近づく男全員を撃退してしまいたい。……大人《おとな》げない、情けないヤツと思われるだろうが……」

「いいえ、俺も同じですから。……本当は、遥くんのそばにずっといて、いやらしい気持ちを持って彼に接してくる男を、全員殴り倒したいです」

正直な言葉を口にすると、彼はその唇に笑みを浮かべる。

「ああ、それなら私と同じだ。……共同戦線に関する意見は？」

「もちろん賛成です。その代わりに、遥くんに対する危険な噂を耳にしたら、すぐに教えていただけるのなら」

「もちろんそのつもりだ。私には学園長に関係した情報収集の手段がある。何かあったら頼

りにしてくれていいよ」

彼の言葉に、不思議なほどホッとする。

「俺も、彼を守りきれるのか、ずっと不安だったみたいだ。仲間が増えれば心強いです」

「それなら契約成立だ」

俺とリッツォ先生は、握手を交わす。

「お互いの恋が、無事に成就するように」

「はい、俺も心からそう願います」

……ああ、すごく心強い仲間ができてしまったかもしれない……！

北大路遥《きたおおじはるか》

遅くまで続いた練習の帰り。僕と森《もり》が丘《おか》くんは、学園の敷地内から続く長い階段を下り、砂浜に出ていた。時間は夜の十一時。本当ならこの時間に寮を出ることは許されない。だけど学園祭前のこの期間だけは、その校則が緩められるんだ。

「リッツォ先生は本当にハンサムだし、歌もすごい。圭《けい》先生とも本当にお似合いに見える」

砂浜を歩きながら、森が丘くんが言う。

「なんだかうらやましい。あんな大人だったら、俺ももっと自信がもてるのに」

その言葉に、僕は少し驚いてしまう。

「僕にとって、森が丘くんは最高にハンサムだし、渋い歌声もめちゃくちゃ好みだ。だから自信持っていいと思うよ」

僕が言うと、森が丘くんはちょっと恥ずかしそうな、でもなんだかつらそうな顔をする。

「遥くんは本当に優しいね」

……きっと僕の気持ちが届いてないんだ。っていうか、もしかして……?

僕は、森が丘くんが圭兄さんばかり見てることに気づいていた。

……まさか、森が丘くんは圭兄さんのことが好きなの？　だからリッツォ先生がうらやましいなんて言ったの？

そう思うだけで、壊れそうなほど胸が痛む。

美人なだけじゃなくてきっぷがよくて飾らない圭兄さんは、いつでもどこでも人気者。憧れる男は数知れず。日本にいる頃、「お兄さんにこれを渡してくれ」とか「お兄さんのことを教えてくれ」なんて上級生に頼まれるのも日常茶飯事だった。今までは微笑《ほほえ》ましく思ってたけど……でも……。

僕は月明かりの下の、彼の美貌《びぼう》を見上げながら心に誓う。

……森が丘くんだけは絶対に渡せない。それがたとえ、大好きな兄さんでも！

森が丘豪《たけし》

……遥くんが、俺の声を好きだと言ってくれた……。

自室に帰った俺は、不思議なほどに幸せな気分で思い出す。

……俺はリッツォ先生のように完璧に歌えるわけではないし、北大路兄弟のようなうっとりするような美声の持ち主でもない。でも……。

……彼が聴いてくれていると思うだけで、歌う勇気が湧いてくる……。

俺はオペラの出演者に配られた小型の音楽プレイヤーを操作し、曲のデータを呼び出す。

イヤホンを耳に差込み、窓を大きく開く。

流れてきたのは、このオペラの一番のクライマックスで流れる『Nessun dorma』。入っているデータは有名なテノール歌手のものだけれど、今回カラフ王子を演じるリッツォ先生はプロ並みに歌が上手だ。さらにトゥーランドット姫の圭先生も、そしてリュー役の遥くんも、兄弟揃ってとんでもない美声の持ち主。きっと、素晴らしいオペラになるはずだ。

……俺も、なんとか頑張らなくちゃ……。

トゥーランドットの作曲者は、ジャコモ・プッチーニ。初演は、一九二六年だ。かなり本格的なオペラだけど、今回は一時間程度になるように直してある。

俺はデスクの上から脚本を持ち上げ、それのページをめくる。

トゥーランドットの舞台のモデルは、古代中国。史実ではなくファンタジー要素が強いけれど、衣装やセットは煌びやかな中国宮廷風になるので、そうとう見栄えがするはずだ。

圭先生演じるトゥーランドットは、諸国に知れ渡るほどの美貌の姫。彼女の許には、たくさんの王子達が求婚のために集まる。しかし氷のように冷たい心を持つトゥーランドット姫は、王子達にいつも難問を出す。王子達はそれに答えられずに、次々に処刑されていく。

俺が演じるアルトゥームは、その国の皇帝で、トゥーランドット姫の父親。心を閉ざした姫のことを心配し、なんとか愛を知って欲しいと願っている。

そんな時、旅の途中で街を通りかかった一人の若者が、トゥーランドット姫に恋をする。これが、リッツォ先生が演じる『名もなき王子』。身分を隠したカラフ王子だ。彼に許されない恋をしている女召使が、遥くんが演じるリュー。トゥーランドット姫と対比される優しい心の持ち主だ。

実は、トゥーランドット姫は、自分は非業の死を遂げた先祖、ロウ・リン姫の生まれ変わりだと信じている。そのせいで周辺の諸国に復讐を誓い、王子たちを次々に処刑していたんだ。でも、カラフ王子と出会ったトゥーランドット姫は知らずに恋に落ちる。彼女の出した問いにカラフ王子は正解し、トゥーランドット姫は初めて敗北するんだ。

……恋をするって、本当に不思議だ……。

俺は眼下に広がるエーゲ海を見下ろしながら思う。

……だって、遥くんと出会う前の俺と、今の俺ではまるで別人みたいだ。

恋を知らなかった時は、身体を震わせるような欲望も、燃えるような嫉妬も知らなかった。さらに、不思議なほどに甘い気持ちも。

……自分がこんな激しい感情を持っているなんて、想像もしていなかった……。『トゥーランドット』はずっと昔から知っていたけれど、ファンタジックなオペラとしか思わなかった。だけど……。

……今は……少しだけ、彼らの気持ちが理解できる気がする……。

カラフ王子に負けたトゥーランドット姫は、しかし自らの誇りを捨てることができず、カラフの妻になることを拒絶する。しかしカラフ王子は姫のそんな感情すらも受け入れ、彼女に一度だけチャンスを与える。「朝までに私の名前を当てられたら、あなたの勝ちだ。私はあなたに命を捧げる」と言われたトゥーランドット姫は、彼の名前をなんとしても知ろうとする。そして家臣達に「誰も寝てはならぬ、あの男の名前を知る者をなんとしても探し出せ」と命令する。ここでカラフ王子が歌うのが、このアリア、『誰も寝てはならぬ　～Nessun Dorma～』。カラフ王子は、夜明けにはトゥーランドットに自分の名前を告げるつもりだった。彼女の心が自分に向いていることを感じ、それを信じていたから、そんなことができたんだろう。包容力のある男の余裕を感じさせるその美しい歌は……リッツォ先生のような大人の男に、とても似合っている。

そんな時、遥くんが演じる彼の女召使のリューは姫の家臣に捕まり、王子の名を言えと拷問されてしまう。しかし王子に恋をしているリューはそれを拒絶し、王子の恋のために自らの命を絶つ。

……リューは歌だけでなく、演技力も必要とする役だ。でも遥くんなら、きっと成功する。トゥーランドット姫はそれを見て心を痛め、自分のしてきたことは間違っていたのではないかと思う。そしてカラフ王子の求愛に心を溶かされ、彼を受け入れる。オペラはそこで大団円を迎える。恋に命を捧げ、トゥーランドット姫を改心させたリューは、裏のヒロインと言ってもいいだろう。

そのシーンの稽古をするたび、遥くんの演技力にみんなは感動しているけれど……俺はまったく別のことを考えてしまってる。

……俺なら、絶対に遥くんに悲しい思いなんかさせない。一生可愛がって、一生愛し続けて、一生、大切にするのに……。

「少しフライング気味なんだけど……君と、ケイ先生には先に教えておこうと思って」

月曜日の放課後。僕は、この学園の学生会長であるアル・ディーンに学生会室まで呼び出されていた。

アル・ディーンはアラブ某国の王族の御曹司《おんぞうし》で、ゆくゆくは一国の元首になろうという立場らしい。だけど学生会長という地位を利用していろいろと姑息《こそく》なことを繰り返していて、生徒達の間ではあまり評判がよくない。特に下級生に対する態度はひどくて、目をつけられた一年生が苛《いじ》められたなんて噂もあるくらいだ。

「兄さんと、僕にですか？」

僕が警戒しながら言うと、彼はニヤニヤ笑いながら、

「お兄さんにはすでに知らせたんだけどね。……学生会は、学園祭がらみで、ある企画を立案した、副学園長からの承認も得ている」

その言葉に、僕はさらに不安になる。

怪我《けが》で療養中の学園長に代わって、今のこの学園では副学園長が全権を握っていると言ってもいい。副学園長は一言で言えば追従タイプで、さまざまな国の王族に対して強く出られないタイプ。しかも……。

僕は、生徒の間に流れているある噂を思い出す。

副学園長は実はアル・ディーンと同じ国の出身で、代々王に仕えてきた一族の出らしい。だからアル・ディーンの言うことには絶対服従で、何も反抗できないんだ……っていう。

たしかに、この学園での学生会の権力の大きさはちょっと異常だ。学生の間に流れる噂には信憑性《しんぴょうせい》に欠けるものもあるけれど、これに関しては、僕も注目し、生徒達からさりげなく情報を集めている。だって、兄さんも森が丘くんもボーッとしているから、ちゃんと守ってあげなくちゃいけないし！

「いったい、どういうご提案ですか？」

僕が言うと、彼は楽しそうに、

「学園祭最後の夜に、全校生徒が参加する人気投票を行う。この学園での王の中の王……キング・オブ・キングズと呼ばれる人間を一人決めるための投票だ。これによって、一番人気があるのは誰なのかをはっきりさせようかと思ってね」

その言葉に、僕は思わず眉を寄せる。

アル・ディーンは、「学生会の活動が忙しいので」と言って、キング候補からは毎年辞退しているらしいし（実は裏で「寮長であるキングはただの雑用係。王族である私には相応しくない」と言っているのは一年生の間では有名な話）。さらにこの間のトゥーランドットの配役選挙ではカリフ王子に立候補したけど、リッツォ先生に大差で負けた。

一年生の間では評判が悪いけれど、アル・ディーンの見てくれのよさや猫を被《かぶ》った態度に騙《だま》されている上級生は多い。だから彼が自分が人気があることをなんとか示そうとしているのは、見ていて明らかで……。

……でも、学園祭なんて大きな行事にぶつけてくるとは思わなかった。

「そうですか。でも、なぜそれを僕と兄に先に知らせるんですか？」

彼の態度が怪しすぎて、僕にはもう、愛想笑いをする余裕もなかった。彼を睨《にら》んでやりながら言うと、彼は可笑《おか》しそうに笑って、

「キング・オブ・キングズに選ばれた人間には、ある特権を与えようと思っている。学園祭の最終日、晩餐会《ばんさんかい》の後で、意中の人を選んで一夜をともにできるという、ね」

「はあ？」

あまりにもひどい提案に、僕は思わず声を上げる。

「なんですか、それは？　そんな案、通るわけがありません。副学園長の許可をもらったなんて、そんなデタラメ……」

「それが通るんだな。副学園長の許可をもらったのは本当だし、さらに先生方には、学生の

間で広まったおかしな噂だと思われるように根回ししてある」

彼はとても楽しげににっこり笑って、

「キング・オブ・キングズには、サントリーニ島への高速フェリーの乗船券と、サントリーニ・リゾートの最高級の部屋、エンペラーズ・スイートで一夜を過ごす権利が与えられる。学生会のメンバーが責任を持って護衛し、妨害は入れさせない」

その言葉に、背筋に冷たいものが走る。

「それは……」

「もちろんＶＩＰを保護するという名目だけど……選んだ意中の相手が途中で逃げてしまっては、興ざめだからね」

僕は背後に気配を感じて、ゆっくりと後ろを振り返る。

学生会長と二人きりだったはずなのに、いつの間にか背後には二メートル近い身長の大柄な生徒が二人、姿を現していた。森が丘くんみたいなしなやかなアスリート体型じゃなくて、いかにも格闘技をやっていますとでも言いたげなものすごくごつい体型。いかつい顔に浮かんでいるのは、完璧な無表情。この二人もアル・ディーンの国の出身で、しかも試験を受けた目的は、学園内でアル・ディーンを護衛するためなのだと噂されている。

「意中の相手が一夜の関係を拒絶したとしても……無理やりにでもホテルに連れ込んで犯す、そういうことですか？」

僕が言うと、彼は楽しそうに声を上げて笑う。

「そういうところ、お兄さんとはずいぶん違うんだな。意外だけど、君のほうが気が強くて率直で好戦的だ」

「どうして僕と兄にそれを知らせたのか、答えてください」

僕が言うと、アル・ディーンは笑いを消して、僕を真《ま》っ直《す》ぐに見つめる。

「僕は当然、自分がキング・オブ・キングズになるつもりだ。その時に指名するのは、君かケイ先生、どちらかにしようと思っている」

その言葉に、僕の全身から血の気《け》が引く。

「兄さんにそんなことをするなんて、絶対に許さない！」

僕が叫ぶと、アル・ディーンはやけにいやらしい声でクスクス笑って、

「いや……本当に可愛いな。実は本命はケイ先生だったんだが……君の気の強そうなところも、なかなか捨てがたいんだ。ああ、二人一緒に拉致《らち》するっていうのもちょっといいかもしれないなあ。もしかして、彼らも参加できるかもしれないし？」

アル・ディーンの言葉に、後ろにいる二人が唾《つば》を飲んでいるのが聞こえてくる。アル・ディーンは僕の全身を舐《な》めまわすようにじっくりと見ながら、

「ともかく、当日は抵抗したりしないように、覚悟を決めておいてくれよ。怪我をさせたくはないからね」

後ろにいる二人が、聞こえよがしに指をボキボキと鳴らしている。僕みたいなチビじゃ、絶対に抵抗できないだろう。そんなの絶対に嫌だけど、さらに……。

「おまえがキング・オブ・キングズになることなんて、絶対にないから！　選ばれるのは、リッツォ先生か、兄さんか、じゃなかったら森が丘くんだから！」

「まあ、そう思っているといいよ」

アル・ディーンはきざな仕草で髪をかき上げ、僕に片目をつぶる。

「学園の一番人気は誰なのか、きちんと思い知ってもらわなくてはね。いつも偉そうにしている君達も、一度抱かれてしまえば僕の魅力にメロメロになると思うよ」

僕は彼を睨みつけ、それから学生会室を出る。でかい図体《ずうたい》の二人がいやにねちっこい目で僕を見ていたのが、すごく気持ちが悪い。

……あんないやらしいヤツが、この学園のキング・オブ・キングズになるなんて、絶対に許さない！

「……信じられないけど、アル・ディーンはそういう計画を立ててるんだ」

遥くんの言葉に、俺は眩暈《めまい》を覚える。

「キング・オブ・キングズになって、圭先生と遥くんに乱暴する……？　そんなことが、許されるわけがない……！」

俺はきつく拳《こぶし》を握り締めながら言う。自分の声とは思えないほどの低い呟《つぶや》きは、まるで地の底から響いてくるかのようだ。

ここは教師用の寮にある、リッツォ先生の部屋。遥くんの「二人にとても大切な話がある。ほかの人には絶対に秘密で」という言葉に、リッツォ先生が部屋に入れてくれたんだ。生徒用の寮の防音は完全とはいえないけれど、ここなら完全防音になっていて秘密の話もできるから。

「ケイの様子がおかしいと思った」

リッツォ先生が、悩ましげな顔で言う。彼が圭先生を呼び捨てにしたところがちょっと気になったけど、それだけ二人の仲が進展しているということなんだろう。二人の幸せは、俺にとってもとても喜ばしいことだ。

「アル・ディーンが、ケイにも同じ宣言をしたというのは本当なんだろう。ケイは自分に投票させようとして、生徒達に根回しをしている様子だ。まあ、彼のやり方は過激すぎて相手の生徒を凶暴化させる危険性がある。だから、できるだけ妨害しているんだが」

リッツォ先生が、何かを思い出すようにため息をつく。

「ただでさえ、ケイは自分の色っぽさを自覚しておらず、露出が多い。そんな格好で『投票して』と言われて、誤解されないわけがないからね」

「リッツォ先生も、大変ですね」

俺は、心から同情してしまいながら言う。遥くんは可愛い見かけに反してけっこうしっかり者だけど、圭先生は色っぽい見かけに反して中身はかなり子供っぽい。自分の色っぽさを自覚していないのはもちろんだけど……。

「兄さんは無理やり押さえると、爆発してさらに暴走します。もしも僕の名前も出ているんだとしたら、なおさらです。リッツォ先生、兄さんがそうならないように、くれぐれもよろしくお願いします」

遥くんの言葉に、リッツォ先生は深くうなずく。そして、

「私が集めた情報によれば、アル・ディーンはあからさまな票集め工作に走っている。対立

候補の悪い噂を流そうとしたり、金品を渡したりしているらしい」

「そんなの、汚い。絶対に許せない」

遥くんは吐き捨てるように言い、俺とリッツォ先生の顔を見比べる。

「僕らはそんなことはしません。正々堂々と勝つ。それしかないと思うんです」

彼の凜々しい言葉、そしてどこまでも真っ直ぐな眼差《まなざ》しが、俺の胸を揺らす。リッツォ先生がうなずいて、

「もちろん同感だ。『トゥーランドット』の配役選挙に落ちたアル・ディーンは、それに対抗するために別のオペラを企画しているようだ。情報によれば、セットや衣装に大金をかけていて、かなりのできばえだとか」

「……でも！」

遥くんはその麗しい容姿からは想像できないような、強い口調で言う。

「そんなのに、僕らは絶対に負けません！『トゥーランドット』を成功させて、全校生徒を夢中にさせてやりましょう！　いいよね、森が丘くんも！」

俺とリッツォ先生は、その言葉に深くうなずく。

……歌や容姿に自信がなかったけれど、もうそんなことを言っている場合じゃない！

俺は、舞台を成功させるために、すべての力を出し切ろうと誓う。

……そして、アル・ディーンの悪巧みなんか、絶対に阻止してみせる！

北大路遥

月明かりのエーゲ海に、オーケストラの美しい調べが流れている。

この学園の野外劇場は、海に向かって傾斜した場所に作られている。ギリシャの円形劇場を髣髴《ほうふつ》とさせるような、とても美しい場所だ。

慣例として、セットの後ろ側には背景の幕を張らない。美しいエーゲ海をバックに、オペラが上演されるんだ。

僕と森が丘くんは、ステージの上手《かみて》側の舞台裏にいた。舞台の上ではトゥーランドット役の兄さんが、迫真の演技を続けている。真紅の衣装がとても似合っていて、本当に美しい。さらに朗々と響く声はまるでエーゲ海の水のように澄み切っている。観客達は兄さんの存在に魅了され、陶然と舞台に酔いしれている。

僕らは暗幕の後ろをそっと移動し、横手から舞台を見つめているリッツォ先生のところにたどり着く。彼の彫りの深い美貌に黒い中国風の衣装がとてもよく似合っていて、ものすごく格好いい。もちろん僕の森が丘くんが一番素敵だけど……この二人が並んだところは、本当に別世界に紛れ込んだみたいで、眩暈がする。

「……アル・ディーン、本当に憎たらしいですよね」

僕は、リッツォ先生に、そっと話しかける。アル・ディーンは、いかにもアラブの王族ですって感じの民族衣装を着た両親と一緒に、最前列にいる。オペラの良さなんか全然わかってない証拠に、退屈そうにきょろきょろしたり、これ見よがしに欠伸《あくび》をしたりしてる。そのくせ、兄さんが出ている場面だけは身を乗り出し、野獣みたいな目で兄さんを見つめている。僕も舞台の下から同じような目で見られ、にやにや笑われて、あまりの気持ち悪さに台詞《せりふ》を忘れそうになった。もちろん、特訓してあるからそんな無様なことにはならなかったけど。

「圭兄さんのことを、あんないやらしい目で見るなんて、絶対に許せません」

僕の言葉に、隣に立った森が丘くんがうなずいて、

「俺も、同じ意見です」

僕はアル・ディーンへの怒りを募らせながら、

「先生が教えてくれた通り、この学園祭の期間中に、アル・ディーンはありったけのアピールをしていました。『トゥーランドット』のキャストには選ばれなかったけれど、張り合うようにして急遽《きゅうきょ》シェイクスピアの劇を企画してハムレットを演じていたし、映像研究会にCMを作らせて寮で流させていたし、さらにいろいろなプレゼントでみんなを買収しようとして……」

思い出すだけで、本当にムカつく。思わず叫びそうになった僕は、慌てて深呼吸をして声を落とす。

「ともかく。兄さんは二年生と三年生には絶大な人気を誇っているけれど、個性が強すぎて、一年生の中では評価が分かれています。大ファン、という人と、ドン引き、という人に。だからこの投票は、先生とアル・ディーンの一騎打ちだと思います」

僕は、リッツォ先生の顔を見ながら言う。

「投票箱は舞踏室の入り口に置かれます。そのために、生徒達はすべての演目を観終えてから投票をします。だから彼に勝つためには、この『トゥーランドット』を成功させなくてはいけません」

僕の隣で、森が丘くんがうなずいている。僕にとっては森が丘くんが一位なんだけど、僕らは上級生と接する機会が少ないから、なかなか票を集めづらいんだ。

「このオペラの一番の見所は、あなたが歌う『誰も寝てはならぬ』です。……頑張ってください、先生」

僕が言うと、森が丘くんも、

「頑張ってください」

リッツォ先生は覚悟を決めたかのように、強く目を光らせてうなずく。

「わかった」

……ああ、舞台がすべてうまくいきますように……！

◆

「私が死ねば、あの方の名前を知る者は誰もいなくなります！」

たくさんのスポットライトを浴びながら、僕は言う。エーゲ海を吹き抜けてくる風が、古《いにしえ》の物語に命を吹き込んでくれる。

僕が演じているのは、『名のない王子』を慕う女召使、リュー。拷問《ごうもん》を受け、カラフ王子の名前を言えと命令されているけれど、愛のためにそれを拒む場面だ。

「私はあの方に命を捧げます！」

僕の唇から、朗々とした声が流れている。僕の心の中には、愛する森が丘くんの姿。まるで召使のリューが乗り移ったかのように、胸が痛い。

「姫君が、あの方の愛を受け取ることができるように！」

僕は言い、衣装の裾《すそ》を翻《ひるがえ》して舞台を走る。そして家臣の持つ短剣を奪い……。

……森が丘くんのためなら、きっと僕はどんなことでもできる……！

僕は目を閉じ、その短剣で自分の胸を一突きにする。もちろん小道具なんだけど……本当に心臓を貫かれたかのような衝撃が全身を走る。

……愛する人を残していくなんて、どんなに無念だっただろう……？

僕は思いながら、息を止めて身体《からだ》すべての力を抜く。僕の身体が回転しながら、舞台の上にゆっくりと崩れ落ちる。まるで本当に死んでしまったかのように、意識が遠のく。

「……絶対に落とすなよ……」

「……オッケー、上げるぞ、せーの！」

家臣役の生徒が、囁《ささや》きあいながら僕の身体を持ち上げている。硬い板の上に乗せられ、そのまま運ばれて……顔に当たっていたスポットライトが消えたのが解《わか》る。僕は舞台裏まで運ばれ、ゆっくりと床に下ろされて……。

「……遥くん……！」

声がして、僕の手が大きくてあたたかい手にしっかりと握られる。フワリと鼻腔《びこう》をくすぐるのは、よく知っているあの芳香で……。

……森が丘くん……。

僕は思いながら、ゆっくりと目を開く。舞台から漏《も》れてくる微《かす》かな明かりの中に、森が丘くんの美貌が浮かび上がる。彼は本気で心配そうな顔で、

「……君が、本当に死んでしまったかと思った……」

「そしたら、悲しい？」

僕は彼を見上げながら、思わず言ってしまう。彼はいきなりくしゃっと顔を歪《ゆが》ませて、僕

の身体を起き上がらせ、そのままギュッと抱き締める。

「悲しいに決まってる。君が無事で本当によかった」

……ああ、彼に抱き締められるのは、なんて素敵なんだろう?

僕は思いながら、彼の顔を見上げる。

「僕は、リューとは違う。好きな人を残していったりしないよ」

僕が言うと、彼は泣き笑いみたいに微笑んで……。

「私は神の娘！　不敬であろう！」

舞台のほうから、兄さんの鋭い声が聞こえてきた。彼の胸の中で陶然としそうになっていた僕は、慌ててそっちを振り返る。

「あなたの心の氷は、偽りのものだ」

カラフ王子役のリッツォ先生が、兄さんを引き寄せ、その唇にキスをする。客席からは見えないだろうけど、こっち側からはしっかり見えた。二人は……本当にキスをしていた。

……うわあ……。

熱烈なキス、兄さんの陶然とした顔に、鼓動が速くなる。

……なんて美しいんだろう……?

「これは……私の初めての涙」

兄さんは、その目から煌《きら》めく涙を溢れさせながら言う。

「あなたを初めて見た時、今までに味わったことのない感情を覚えました。これ以上、私に恥辱《ちじょく》を与えないでください。どうかこのまま、あなたの秘密と共に、この地を離れてください」

「秘密など、もうありません。……我が名はカラフ。タタール国の王子、カラフです」

リッツォ先生が、心を込めて囁く、兄さんは驚いたように目を見張り、それから喜びに溢れる声で叫ぶ。

「名前がわかった！　私の勝ちだ！」

「ええ、勝負はあなたの勝ちだ。私はあなたにすべてを捧げます。どうか、あなたのお好きなようにしてください」

リッツォ先生の台詞を合図に、舞台が暗転した。感動に胸を熱くする僕の視界の中で、兄さんがふわりとよろめくのが見える。僕はハッとして飛び出しそうになるけれど、リッツォ先生の腕が兄さんをしっかりと抱き留めたのが見えた。兄さんはリッツォ先生を見上げて微笑んで、

「大丈夫。次がクライマックスだ。いい舞台にしよう。いい思い出になるように」

兄さんが囁いた言葉が聞こえてきて、僕の胸が熱くなる。

……勝ち負けのためじゃなくて、兄さんは生徒達の素晴らしい思い出になるように演技をしていたんだ。兄さんはなんて素敵な人なんだろう？

「出番だ。行って来る」

森が丘くんが言い、僕の肩にそっと触れてくる。僕はとっさに彼の手を摑み、背伸びをして彼の頰《ほお》にキスをする。

「……ここで見てる。クライマックス、頑張って」

囁くと、彼はうなずいて暗い舞台に上がっていく。その後ろ姿を見送りながら、僕は確信する。

……この舞台は成功する。そして僕らは勝つ。絶対だ。

森が丘豪

「学園のキング・オブ・キングズを決める人気投票は、厳正なる審査の下で行われました」

ステージ上の審査委員会の代表が、厳粛な声で言う。

「みなさまがワルツを楽しんでいる間に、投票箱が開けられ、票数が集計されました」

舞踏室にいるのは、生徒達だけではなく、ドレスアップした保護者も。投票とその集計は学生会だけでなく教師達も立ち合って行われたので、アル・ディーンは手を出すことはできなかったはず。これは公正な審査の結果だろう。

「発表します。圧倒的多数でこの学園のキング・オブ・キングズに選ばれたのは……アレッシオ・リッツォ先生！」

舞踏室に声が響き渡り、部屋は大歓声に包まれた。近くで見ていたアル・ディーンが、悔しそうな顔で部屋を出て行く。

……よかった……俺達は勝つことができたんだ……！

北大路遥

「学園長！　お怪我はもう大丈夫なんですか？」

声に振り返ると、舞踏室のところに松葉杖姿の高齢の男性がいた。この学園のパンフレットでも見たことがある。怪我で療養中だったはずの、ヘルマン・イザーク学園長だった。

彼は声をかけてくる人々ににこやかに挨拶を返し、僕達のほうに近づいてくる。

「アレッシオ」

彼が、リッツォ先生に声をかける。

「舞台、見せてもらった。素晴らしかったぞ」

「ありがとうございます」

リッツォ先生はにっこりと微笑んで、それに答える。

「いろいろとご指導ありがとうございました。俺はオペラにはあまり詳しくないので」

「オペラ『トゥーランドット』の解説なら、私に任せておきなさい。以前、論文を出したこともあるからな」

二人の様子を見ながら、僕はちょっと不思議に思う。

……リッツォ先生はこの学校の卒業生だから、顔見知りでもおかしくはないけれど……それにしてもやけに親しげな……？

「彼らは、今回の件でいろいろと協力してくれました。ドクター・キタオオジの弟さんであるハルカくんと、その友人であるモリガオカくんです。二人には、私達のことを話しておいたほうがいいのではないかと思うのですが……どう思われますか？」

リッツォ先生の言葉に、学園長はにっこりと微笑んで、

「もちろんいいよ。ただ、ほかのゲストにはわからないように、小声でな」

「ええと……？」

不思議に思う僕達に、リッツォ先生が小声で言う。

「名字は違うのだが、彼は俺の実の祖父なんだ。そして俺は、この学園の次期学園長候補でもある。これはまだ、ケイにも内緒にしているんだけどね」

その言葉に、僕は本気で驚いてしまう。

……ってことは、リッツォ先生は大富豪のイザーク一族の一員？　兄さんも、とんでもない相手を捕まえちゃったみたいな……。

「そうなんですか。それじゃあ、学園のことをよく知っていても……」

僕が言いかけた時、リッツォ先生が緊張した顔で、

「……すまない。学生会のメンバーが、あっちでケイに話しかけている。嫌な予感がするので、ちょっと行って来る」

早口で言って、ドアに向かって早足で歩き出す。だけど人が多いせいで行く手を阻まれ、その間に兄さんの姿がふいに消える。

「いったいどうしたんだ？」

アル・ディーンの両親と言葉を交わしていたイザーク学園長が、驚いたように振り返る。

僕は少し迷うけど……。

「すみません、学生会長のアル・ディーンさんが、少し行き過ぎたいたずらをしかけてくるかもしれないんです。だから、兄さんを追わないと！　失礼します！」

僕は学園長に言って踵《きびす》を返すけれど……。

「いったいどうしたんだ？」

「うちの息子が何かまた問題でも？」

学園長、そしてアル・ディーンの両親までが僕について走ってくる。僕は隣を走っている森が丘くんを見るけれど、彼は、

「仕方ない。ともかく圭先生を探さなくては！」

……ああ、ものすごく嫌な予感がする……！

「学生会室だ、きっと！」

とても苦労して人込みを抜けた僕達は、全速力で廊下を走っている。松葉杖の学園長は、駆け寄ってきた侍従に車椅子《くるまいす》を持ってこさせ、松葉杖を抱えたままそれに乗ってついてくる。途中で諦《あきら》めるかと思ったアル・ディーンの両親も、息子の不祥事を心配したのか、必死の様子で追ってくる。

廊下の角を曲がると、学生会室にリッツォ先生が飛び込んだところだった。僕らは後を追って部屋に飛び込む。

「アレッシオ！　助けてくれ、アレッシオ――ッ！」

その瞬間、ドアの向こうから兄さんの悲痛な叫び声が聞こえてきた。リッツォ先生は部屋を一気に横切る。準備室のドアノブをひねり、鍵がかかっているのに気づくと、そのまま驚くほどの脚力でドアを蹴破《けやぶ》って……。

「……アレッシオ……！」

兄さんの泣いているような声が聞こえる。僕らは真っ青になりながら学生会室を駆け抜け、準備室のドアの前に立つリッツォ先生の後ろに立ち……。

……そんな……！

学生会準備室は、以前の様子が想像できないほど改装されていた。まるでドラマで見たことのある安いラブホテルみたいな悪趣味な内装、部屋の真ん中には天蓋《てんがい》つきの巨大なベッド。その上に押し倒されているのは……。

……兄さん……！

兄さんの両手には絹の紐《ひも》が巻かれ、その先がベッドのヘッドボードにくくりつけられている。ベッドの上に拘束された兄さんの両脚の間にはアル・ディーンがいた。兄さんの美しい衣装は乱れ、赤い腰巻を、アル・ディーンが咥《くわ》えて持ち上げていて……。

「……ケイ！」

リッツォ先生が叫んで部屋を横切り、アル・ディーンの腕を摑んで兄さんから引き剝《は》がす。アル・ディーンはバランスを崩して、ベッドからみっともなく転げ落ちる。

「兄さん！　大丈夫？」

僕は、本気で血の気が引くのを覚えながら叫ぶ。アル・ディーンの服は乱れていなかったから、最後まではされていないだろうけど、服を乱され、肌を露《あら》わにされてしまった兄さんはすごく痛々しくて……。

……兄さんに、なんてことを……！

「シャムス……おまえ……何をしていたんだ？」

僕らの後ろにいたアル・ディーンの両親が、ものすごくショックを受けた顔で言う。その隙に逃げようとしたガタイのでかいアル・ディーンの手下の二人を、森が丘くんが捕まえる。彼は護身術の心得もあるのか、二人の腕を後ろにねじり上げ、悲鳴を上げさせている。駆け寄ってきた学園長の従者の男性が、二人の手首をハンカチで縛り上げている。

「大丈夫ですか？　怪我は？」

「大丈夫。まだ何もされてない」

リッツォ先生の言葉に、衣装をひき下ろしながら、兄さんが答える。

「……よかった……」

リッツォ先生が、本当に安心したように深いため息をつく。兄さんの目が、リッツォ先生を見上げる。そして、二人の視線が熱く絡《から》み合う。

……ああ、兄さんが無事でよかった……。

僕はホッとため息をつき……そして、二人の仲がこのまま進展することを確信する。

……ああ、兄さんにも、リッツォ先生にも、幸せになって欲しい……。

◆

学園祭がなんとか終わり、兄さんとリッツォ先生はどうやら付き合い始めた様子。二人がラヴラヴなことを知って僕は安心するけど……森が丘くんは二人の様子を見るたびになんだか苦しそう。

……もしも森が丘くんが兄さんのことを好きでも、僕は絶対に振り向かせてみせるんだ。

「兄さんのところに行けば、きっとお菓子があるよ」

僕は、先に立って廊下を歩きながら言う。

「今夜は遅くまで仕事をしてるって言ってたから、もらいに行こう」

一緒に勉強をしていた僕と森が丘くんは、空腹に耐えかねて保健準備室に向かっていた。スクープ狙《ねら》いの新聞部に追い掛け回されたおかげで、僕も森が丘くんも夕食抜きだったんだ。

保健室のドアをノックしようとして……僕はドアが少しだけ開いていることに気づく。

「わあ、兄さんったら無用心すぎ。兄さん狙いの悪い生徒が忍び込むかもしれないのに」

僕はちょっと怒りながら、ドアを押し開ける。声をひそめて、

「こっそり行って、脅かしてやろうよ。そうしたらもっと危機感を持ってくれるかも」

僕が言うと、森が丘くんは少し心配そうに、

「そんなことをして叱《しか》られない？」

「大丈夫。兄さんは僕には甘いもんね」

僕は言いながらドアを押し開ける。保健室の電気は点《つ》きっぱなしになっていて、デスクの上には書きかけの書類。置かれたマグカップからは湯気が上がっているから、ついさっきまで兄さんはここにいたんだろう。

「薬が入っている薬品棚にはもちろん鍵がかかってるだろうけど……兄さん目当ての生徒が忍び込んだらすごく危険だよね。ここにはベッドもあるんだし」

僕は森が丘くんに囁いて、部屋の中を見渡す。ベッドを仕切るカーテンはすべて開かれていて、そこには人影がない。兄さんがいるとすれば、準備室のほうだろう。

「……あ……」

どこかから聞こえた声に、僕と森が丘くんは驚いて立ち止まる。それは風の音に消されてしまいそうなほど微かだったけど、たしかに聞こえて……。

「……くう……っ」

どこか苦しげな声に、僕は青ざめる。

……まさか、兄さんが準備室で倒れてるとか……？

僕は保健室を一気に横切り、半分開いたままの準備室のドアから中に入ろうとして……。

「……ああ……アレッシオ……」

苦しげなだけじゃなく、やけに甘い声に、驚いて立ち止まる。

……え、何……？

ドアの隙間から、我慢できずに中を覗《のぞ》いてしまう。中は電気が消され、ほとんど真っ暗だったけど……。

準備室に置かれた大きなソファ。そこに兄さんがいた。兄さんはソファに仰向《あおむ》けに押し倒され、そこにはリッツォ先生が獰猛《どうもう》な野獣みたいにのしかかっていた。

「……あ……っ」

リッツォ先生の手が、兄さんのシャツの襟元《えりもと》をくつろげる。そして本当に野獣みたいに、首筋に歯を立てる。

「……んんっ！」

兄さんのしなやかな足が、ピクンと震えて宙を蹴る。月明かりの下で見ると、華奢《きゃしゃ》な指先までが煌めくような真珠色だ。

「……やめ、アレッシオ……そんなことされたら……っ！」

月明かりの中、兄さんの頬を煌めくものが伝った。

……兄さんが泣いてる！　きっと痛いんだ……！

兄さんがこのまま食べられてしまうんじゃないかと思った僕は、思わず部屋に飛び込もうとする。だけど、森が丘くんの手がそっと、だけどきっぱりと僕を止める。

「……シッ、静かに。後で説明する」

驚いている間に、森が丘くんは僕の肩を抱いてそのまま保健室を突っ切り、廊下に出てドアをそっと閉める。ドアノブにかかっている、『仕事中。入る前にノックを』と書かれた札をひっくり返して、『不在』に換える。そのまま早足で廊下を歩き出した森が丘くんの後を、僕は慌てて追いかける。

「何をしてたの？　噛《か》みつかれて、兄さんは泣いてるみたいに見えた。本当に痛かったんじゃないのかな？　止めなくて大丈夫なの？」

本気で心配になった僕に、森が丘くんはなんだか厳粛な顔で言う。

「圭先生は嫌がっていなかった。その証拠に、リッツォ先生の背中に手を回してた」

僕は呆然《ぼうぜん》としながら、二人の様子を思い出す。そういえば、兄さんの手はリッツォ先生の背中に回っていて、白い指が彼のシャツをキュッと握り締めていて……。

「しかも二人はカップルなんだよね？　それなら邪魔をしたらダメだ」

「えっ？　でも、噛みついてたよ？　あれがカップルのすること？」

二人の行為の意味が理解できずに混乱する僕に、森が丘くんが言う。

「あれがセックスというものだよ、きっと」

「セックスって、キスとかするんじゃないの？　噛みつくのがセックスなの？」

僕が思わず聞くと、森が丘くんはなぜか深いため息をついて、

「それはカップルによると思うけれど……可愛くて、愛《いと》おしくて、食べてしまいたいという気持ちは、なんとなくわかる」

「……ええ……っ？」

僕が怯《おび》えて思わず立ち止まると、森が丘くんは慌てて手を振って、

「いや、もちろん比喩《ひゆ》だよ。……もちろんリッツォ先生だって本気で噛んだりしてなかった

だろう。あれはきっと甘噛みというものだと思う」

「甘噛み？」

再び歩き出した森が丘くんの後を、僕は慌てて追いかける。いつもは歩調をゆるめてくれるのに、今はやけに早足だ。

「という、愛撫の一種じゃないかな？　ええと、君は気づいてたかどうかわからないけど……リッツォ先生の手が……」

森が丘くんは言い、それからふいに言葉を途切れさせる。

「何？　気になるからちゃんと言って！　ほかにも兄さんに何かしてたの？」

僕は足を速めて彼に並び、その顔を下から覗き込んで……彼が真っ赤な顔をしていることに気づく。

「……リッツォ先生の、手が……」

森が丘くんが、早足で歩きながら言う。

「……圭先生の、胸のところを愛撫してた。圭先生が泣いてたのは、きっとそのせいだ」

「胸？」

僕は手を上げて、鎖骨と鎖骨の中間あたりに触れてみる。そして、どうしてこんなところを触られて泣くんだろう、と不思議に思う。

「いや……そこじゃなくて……」

森が丘くんは僕を見下ろして言い、それから、

「……ええと、正確に言えば、片方の乳首を愛撫していた……だね……」

「え？　男なんだから、そんなところを触られても何も感じないんじゃない？」

僕が言うと、森が丘くんはなんだかすごく困った顔になって、

「いや、わからない。人によるんじゃないのかな？　ともかく、あれは愛の行為なんだと思う。だから、邪魔をしたらダメなんだよ」

「……愛の行為……」

僕は、なんだか呆然としてしまいながら、その言葉を繰り返す。

「……それは、セックスってこと……？」

森が丘くんがグッと息を呑《の》み、それからいきなり激しく咳《せ》き込んだ。

「だ、大丈夫？」

僕が背中を慌てて擦《さす》ろうとすると、彼は「大丈夫だから」と言いながら僕から逃げる。逃げられたことが、僕はなんだか不思議なほどショックだ。

「ごめん、君の口から聞くと、なんだか強烈な言葉で……」

「……もしかして、僕、品のないことを言っちゃった？」

僕が言うと、彼は慌てたようにかぶりを振る。

「いや、そうじゃなくて……俺が少しおかしいだけなんだ。誰かがああいうことをしている

のを見たのは、もちろん初めてだったし……」

「それは僕もだよ。なんだか、びっくりして……くしゅん！」

いきなりくしゃみが出て、僕は身体を震わせる。薄着でうろついていたから、ちょっと冷えたのかもしれない。

「ごめん、気がきかなくて！」

森が丘くんが言って、着ていたカーディガンを脱いで僕の肩に羽織らせてくれる。上等のカーディガンは彼の体温を残して、あたたかい。そこから微かに漂う森が丘くんの芳《かぐわ》しい香りに、僕は陶然とする。甘くて熱い何かが、身体の奥から湧き上がって来る気がする。

……ああ、このまま部屋で二人きりになったら、僕はどうなるんだろう……？

「夜は冷えるのに、連れてまわしてごめん。風邪を引いたら大変だ。今日は早く寝たほうがいい。……俺も、部屋に戻るから」

「えっ、だけど、一緒に勉強しようって……」

僕が言うと、森が丘くんはなんだか少し慌てたように言う。

「ごめん、今夜はちょっと遠慮しておく。勉強しても頭に入らなそうだしね」

森が丘くんはそのまま僕を部屋まで送り、そそくさと部屋に戻ってしまった。僕はなんだか気が抜けたような気分で、一人きりの部屋に入る。

……あれが、大人のセックスなんだ……。

そして、電気を点けない暗い部屋の中で、呆然とベッドに座り込む。

兄さんとリッツォ先生が愛し合っていることは解ってた。でも僕はその先に何があるのかをよく考えたことがなかったんだ。

……大人の恋って、ああいうものなんだ……。

いつものクールな彼とは別人のように獰猛だったリッツォ先生。そしていつもとはやっぱり別人みたいに色っぽかった兄さん。愛し合う二人は、きっととても幸せで……。

僕はふいに、あんなことができる兄さんとリッツォ先生がものすごくうらやましくなる。

……僕も、森が丘くんにあんなふうに押し倒されたいかも……。

あんなふうに情熱的に森が丘くんに抱き締められたらと思っただけで、身体がジワリと熱くなる。もしかしたら、あの二人の熱と、カーディガンから漂う森が丘くんの香りで、僕はちょっと発情しちゃったのかもしれない。

「……森が丘くん……」

僕は羽織っていたカーディガンを脱いで、それに顔を埋《うず》める。彼の香りは本当に芳しくて、それを嗅《か》いでいるだけでまるで彼に抱かれてるみたいで……。

『……正確に言えば、片方の乳首を愛撫していた……だね……』

森が丘くんの恥ずかしそうな言葉が、耳に蘇《よみがえ》る。

……乳首を……愛撫……？

僕はベッドに倒れ込み、左手で彼のカーディガンを顔に押しつける。あいている右手をそろそろと動かして、自分の乳首に触れてみて……。

「うっ！」

指先がほんの少し触れただけで、僕の身体が、ビクン、と跳ね上がった。

今まで意識したことすらなかったその場所が……まるで昔からの性感帯みたいにジンジンと甘く疼《うず》く。

……どうしちゃったんだ、僕……？

僕は混乱しながら、指先でもう一度乳首に触れてみる。シャツ越しにそっと形を辿《たど》ると、乳首は硬く尖《とが》って、何かを求めているかのようで……。

「……んっ」

指先でそっと引っかいてみると、不思議なほどの快感が全身を走った。

『リッツォ先生の、手が……』

森が丘くんの言葉が、耳の奥に鮮やかに蘇る。

『……圭先生の、胸のところを愛撫してた。圭先生が泣いてたのは、きっとそのせいだ』

……森が丘くんも……セックスの時は、相手の乳首を愛撫するのかな？

「……んん……っ」

僕の指が勝手に動いてシャツをめくり上げ、乳首の先端をくすぐってしまう。

「……ひ、うう……っ」

そこから広がる蕩《とろ》けそうな快感に、腰がヒクリと跳ね上がる。

……森が丘くんも、発情すると獰猛な野獣みたいになって、あんなふうに首筋を嚙んだりするんだろうか？

考えただけで、セクシーすぎてゾクゾクする。

「……森が丘、くん……！」

名前を呼んでカーディガンに顔を埋めるだけで、本当に彼に愛撫されているみたいで……。

『……遥くん……』

森が丘くんに呼ばれたような気がして、僕の目の前が真っ白になり……。

「……好き……森が丘くん……アアッ！」

脚の間で、何かが熱く弾《はじ》けた。そのまま、ドクドクッと溢れるような感覚。下着が熱く濡《ぬ》れる感触が広がって……。

「……あ……嘘……」

僕は慌てて脚の間に手をやり、下着だけじゃなく、麻のスラックスにまで何か熱いものがじわりとしみてきていることに気づく。

「……乳首だけで……イッちゃったの……？」

僕は呆然と呟き、スラックスの前立てのボタンを外してファスナーを開く。下着がヌルヌルに濡れていることがわかって、なんだか泣きたいような気分になる。放出したから満足したはずなのに、何かが違う。身体の奥から、さらに激しい欲望が湧き上がる。

……今まで、マスターベーションに意味なんか感じてなかった。なのに……。

森が丘くんのことを思っただけで、おかしくなりそうなほど感じた。そしてイク瞬間に、僕は森が丘くんの名前を呼んでしまった。

……ああ、大人の恋って、本当にすごいんだ……。

僕は、乱れた呼吸を必死で整えながら思う。

……いつか絶対、森が丘くんとあんなことをしてみたい……。

◆

……だから、もう手段を選ばないんだ……！

僕は決意を決めながら、森が丘くんの部屋の前に立つ。

……できるだけ彼と一緒の時間を過ごして、ほかのライバルと差をつけるんだ！

学園祭以来、森が丘くんに迫る上級生は後を絶たない。僕はそれでけっこう焦ってる。

……だから今夜も、なんとか一緒に勉強してやる！

僕は、兄さんからもらったおやつと教材の入った紙袋を提げ、彼の部屋のドアをノックする。だけど、なぜか返答がない。

……なんで？　今夜は勉強したいからってレクリエーションルームにも来ないで、夕食後にすぐに部屋に戻っちゃったのに。

寮の部屋のドアには厳重な指紋認証装置があるけれど、僕は森が丘くんの部屋に指紋登録をしてもらっていた。

……入って様子を見てもいいかな？　今夜はなんだか元気がなかったみたいだし、体調を崩してたら大変だ。

心配になった僕は、部屋のドアを開く。

「……森が丘くん？」

電気が点いてるのはエントランスだけで、あとは真っ暗みたい。もしかして帰ってないのかと思うけど、いつも履いている彼の靴がある。それに微かな気配を感じる。

「……遥くん……」

呼ぶ声が聞こえて、僕は慌てて廊下を進み、部屋に入る。真っ暗な部屋の中で、森が丘くんが一人、ソファに座っているのを見つける。

……森が丘くん、やっぱり具合が悪いんだ！

僕が声をかけようとした時……。

「……遥くん、好きだ……」

森が丘くんは息を弾ませ、泣いているみたいな声で囁いた。月明かりの中、彼の右手が上下しているのを見て、彼が何をしているのかにやっと気づく。

……森が丘くん……？

彼の手は、自分の屹立《きつりつ》を愛撫していた。彼の屹立は完璧な形で反り返り、ものすごく感じてくれている証拠に、先端からトロトロと先走りの蜜を零《こぼ》していた。

……ああ、すごい……。

苦しげに眉を寄せた彼を見て、僕は身体が熱くなるのを感じる。

……森が丘くんが感じてる顔、めちゃくちゃセクシーだ……。

「……森が丘くん」

思わず名前を呼ぶと、彼はものすごく驚いた顔で僕を見上げ……そして絶望的な顔になる。

「……遥くん……！」

シャツの裾で屹立を隠しながら、泣きそうな顔でうつむく。

「ごめん。俺がどんな人間か解っただろう？　きっと、天使のように清純な君の隣にいる資格なんかない」

彼の苦しそうな声が僕の胸をえぐる。

「僕は清純なんかじゃない！　僕だって、君をオカズに毎晩マスターベーションしてたんだからな！　しかも君が貸してくれたカーディガンの匂いを嗅ぎながらだぞ！」

僕の言葉に、彼はものすごく驚いた顔をする。

「君が？　俺のことを思いながら？」

「そうだ！　それに……」

僕は思わず真っ赤になりながら、

「今だって、君が一人でエッチなことをしてるのを見て……」

僕は自分の両脚の間を示して、

「……興奮して、こんなふうになっちゃったんだからな……！」

僕の硬くなった屹立は、下着とショートパンツの布地を下からしっかりと押し上げていた。

「……遥くん……天使みたいな君が、そんなふうになるなんて……」

信じられない、という顔をする彼に、僕は言う。

「僕だって男なんだから！　好きな人のエッチな姿を見たら、興奮するんだから……あっ！」

立ち上がった森が丘くんが僕を抱き上げ、ソファに押し倒した。僕を抱き締めながら、苦しげな声で囁いてくる。

「君と一緒に勉強しながら、いつもいけないことを想像してしまってた。君はいつも甘くていい香りがして、細い首筋がとても綺麗《きれい》で、唇が色っぽくて……」

その言葉に、僕の胸が熱く痛む。

「僕にどんなことをすることを想像してたの？」

「キス……とか……」

「それならキスして」

僕が言うと、森が丘くんは僕にそっとキスをしてくれる。

「……ん……」

森が丘くんのキスは遠慮がちで、でもすごく甘い。

……ああ……これが森が丘くんの唇……。

思ったら、身体がどんどん熱くなってしまう。

「想像してたのはキスだけ？　それなら僕のほうがずっとすごいぞ。君とものすごくやらしいことをする想像してたんだから」

僕が言うと、森が丘くんはまた苦しげな顔になる。

「俺も……すごくいやらしいことをするのを想像してた」

見下ろすと、彼の屹立が、シャツの布地の下でまた大きくなっているのが解る。

「それなら……」

僕は勇気を出して手を伸ばし、彼の屹立にそっと指で触れる。

「とりあえず、触りっこしない？　僕、キスだけでイキそうなんだ」

指先で触れただけで彼の屹立がさらに大きくなり、ビクリと震える。

「俺も同じだよ」

彼が言って、僕のショートパンツと下着をひき下ろす。

「……あ……っ！」

「二人で一緒にイこう」

森が丘くんが囁いて、二人の屹立を二本同時に握り込む。

「……んん……っ！」

「……遥、くん……」

彼の左手が、思わず逃げそうになった僕の腰を強く抱き寄せる。

「……あぁ……っ」

左腕だけでキュッと抱き締められて、胸が甘く痛む。

「……ア、ア……ッ」

僕の屹立の側面に強く押し付けられた、森が丘くんの逞《たくま》しい屹立。その硬さと熱さに、自分は求められてるんだ、と感じることができる。僕の屹立が、ビクンと震えて反応してしまう。

「……ああ、どうしよう……」

僕の唇から、かすれた声が漏れた。森が丘くんが驚いたように、

「もしもこれ以上はダメなら、ちゃんと言って。すぐにやめるから」

優しいことを言ってくれるけど……彼の中心は爆発しそうなほどガチガチに硬く反り返り、

蜜までたっぷりと垂らしていて……。

「……やめられる？　こんなになってるのに……？」

僕は言って、彼の屹立の先端を擦《こす》ってみる。彼の屹立は跳ね上がり、先走りの蜜をこぼしながらさらに大きささを増す。

「……く……っ」

「……すごい、森が丘くんのここ、こんなにヌルヌルしてるよ……？」

指で蜜をなすりつけると、屹立がビクンと跳ね、彼は苦しげに息を呑む。

「や……やめられる。君を苦しめたり、怖がらせたくないんだ……」

彼が言って、僕の髪にキスをしてくれる。その声は苦しげにかすれていて、胸が痛くなるほどセクシー。彼だって今はめちゃくちゃに発情してるはずなのに、でも、こんなに優しいことを言ってくれて……。

……ああ、やっぱり森が丘くんは、僕にとっては最高の男だ……！

「……森が丘くん、大好き」

僕は心から言って、彼の胸に頬を擦りつける。

「……だから、やめないで。もっとして」

彼が驚いたように大きく息を呑む。

「『どうしよう』って言ったのは、嫌だからじゃなくて……」

僕は身体をたっぷりと満たす甘すぎる快感を、改めて自覚する。

「……気持ちよすぎておかしくなっちゃいそうだから……」

「気持ちいいと思ってくれている？　無理はしていない？」

森が丘くんが、まだ心配そうな声で言う。その感じが……なんだかやけに可愛い。

「無理なんかしてない。もしも気持ちよくなかったら……」

僕は囁いて、彼の手の上から、二人の限界近くまで反り返った屹立を一つにしてキュッと握り込む。

「……ここ、こんなふうにならないよ？」

強く押し付けられた森が丘くんの熱さに、腰から蕩けそうな快感が走る。

「……アァ……ッ！」

僕の屹立が震えてトロリと先走りが漏れる。

「……く……う……っ」

森が丘くんが、大きく息を呑む。彼の逞しい屹立が、ビクン！　と震えて、さらに先走りの蜜をたっぷりと溢れさせた。

「……もうダメだ……」

森が丘くんが左手だけで僕をさらに強く抱き寄せ、僕の髪に頬を寄せる。

「……二人でイキたい。今すぐ……」

切羽詰った囁きが、僕の胸をきゅんと締め付ける。

「……うん、僕も、もう限界。一緒にイこう……？」

「……遥くん……」

森が丘くんは切ない声で僕の名前を呼び、屹立を握り込んだまま、その手を上下させ始める。

「……ア、ア……ッ！」

彼の手の速度はどんどん上がり、僕は目が眩《くら》みそうな快感に翻弄《ほんろう》される。

……ああ、マスターベーションが、こんなにすごいものだったなんて……！

僕は思いながら背中を反り返らせ、彼の手の速度に合わせて喘《あえ》いでしまい……。

「……ん……っ！」

僕の身体がグッと引き寄せられ、唇に、柔らかなものが押しつけられる。

「……んん……っ！」

それは、森が丘くんの唇だった。彼は貪《むさぼ》るように僕の唇を奪いながら、僕の屹立を激しく愛撫する。

「……ん、くう……っ！」

あまりの快感に、顎《あご》から力が抜けてしまう。開いてしまった上下の歯列の間から、彼の熱い舌が滑り込んでくる。

「……ん、ぁ……っ！」

彼の舌は僕の口腔《こうこう》で暴れまわり、僕の舌を乱暴に吸い上げる。

「……あ、あ……っ」

その獰猛さに彼の飢えを感じて、身体がますます熱くなる。

……ああ、彼は本当に僕に発情してくれてるんだ……。

「……ん……んく……っ」

僕は必死で舌を動かし、彼の舌を受け止める。二人の舌が激しく絡み合い、飲みきれなかった唾液が唇の端から顎に伝う。その淫《みだ》らさに、ますます体温が上がってしまって……。

クチュ、クチュという淫らな音を立てて、二人の手が上下する。二人の先走りが混ざり合い、熱を上げる。

「……んん……気持ち、い……よぉ……っ」

キスの合間に、僕の唇から甘い声が漏れてしまう。

「……ああ、俺もすごく気持ちがいい……」

切羽詰った彼の声はますますセクシーで、僕の中から蕩けそうな快感が湧き上がって……。

「……ねえ……ねえ……イッていい？　もう、僕我慢できない……っ」

「うん。俺ももう、限界かも……」

彼が言って、僕の唇にもう一度キスをする。

「……一緒にイこう。そしたらきっと、すごく気持ちがいいよ」

「……うん……アッ……アッ……」

彼の手がさらに速度を上げて、僕は必死で爆発しそうな快感をこらえ……。

「……も、ダメ、出ちゃうよぉ……っ！」

「……うん。そんな声を聞かされたら、俺ももう限界だよ。もう、我慢しなくていいから」

彼の親指が、張り詰めた僕の先端に先走りをヌルリと塗り込める。

「……あ、やだ……先は……ダメぇ……っ！」

僕の目の前が真っ白にスパークする。僕は身体を反り返らせ、もう何もかも忘れて、ドクン、ドクン！　と激しく放ってしまい……。

「……う……っ」

森が丘くんが低く呻《うめ》いて、僕をきつく抱き締める。彼の逞しい屹立が、ビクビクッ、と震えて、高く欲望の蜜を迸《ほとばし》らせる。

「……あ、あ……っ」

ドク、ドク、と飛んだ熱い欲望が、僕の顎から頬、髪の毛までも濡らす。

「……ああ、すごい……」

彼の欲望の蜜が、ゆっくりと僕の頬を滑り落ちる。

「……森が丘くんの、熱い……」

「ああ、ごめん、遥くん！」

彼がものすごく驚いた声で言って、シャツの袖《そで》で僕の頬を慌てて拭《ぬぐ》う。

「まさか、そんなところまで飛ばしちゃうなんて……」

「ううん、なんだか嬉《うれ》しいよ」

囁いた僕を、森が丘くんの腕がしっかりと抱き締める。

「好きだ、遥くん。君とこんなことができるなんて、夢みたいだ」

……ああ、抱かれるって、こういう感じなんだ……？

僕は陶然としながら、彼の逞しい胸に頬を埋める。

「うん、僕も君とこんなことができるなんて、夢みたい」

……ああ……このまま二人ともトロトロに溶けて、一つになれたらいいのに……。

本当は涸《か》れるまでやりたかったけど……考えてみれば明日から本番の中期テストだ。

「もしかして、僕に触りたくて、勉強に集中できなかったの？」

言うと、森が丘くんは僕から目をそらす。苦しげな顔で、

「格好悪いところを見せてしまった、失望したよね？」

「ううん、そんなことで動揺しちゃう君が可愛くて、ますます好きになった。……でも、こんなことまでしたんだから、本番ではちゃんと一位を取れるよね？」

僕の言葉に森が丘くんはなんだか苦しげな顔をする。実は彼は同級生のナイト、ランドル

フから勝負を持ちかけられていたらしい。今の順位でいえばそいつは三位なんだけど、どうしても森が丘くんがキングなのが気に入らないらしい。

森が丘くんは、「中期テストで順位が逆転したら自分にキングの座を譲ってもらう、そして二度とハルカに近づくな」と宣戦布告されていたみたいなんだ。彼はそれがすごいプレッシャーだったうえに僕のことで勉強に集中できなくて苦しんでいたらしい。

「僕をあいつに奪われてもいいの？」

僕が言うと、森が丘くんはきっぱりとかぶりを振る。

「絶対に嫌だ」

「それなら一位を取ってね。一位を取ったらご褒美をあげるから」

僕が言うと、森が丘くんは深くうなずく。

「うん、絶対に一位を取る。ご褒美のことを考えると、集中できなくなりそうだから、考えないことにしておくよ」

森が丘くんの頬が、わずかに染まっている。その可愛い様子に、胸が熱くなる。

……ご褒美には、絶対に僕をあげちゃうぞ！

『それなら一位を取ってね。一位を取ったらご褒美をあげるから』

言った時の遥くんの顔が、また頭をよぎる。

恥ずかしそうに速く瞬《しばた》く睫毛《まつげ》、ふわりとあたたかなバラ色に染まった頰。彼が照れた時にする癖なのか……柔らかそうな唇が、きゅっと嚙み締められた。その様子はどこか幼く、しかし色っぽくも見えて……。

……彼は、ご褒美に、いったい何をくれるつもりなんだろう？

思っただけで、眩暈がする。ついいけないことを想像しそうなのは、そう言った時の彼の目がやけに潤んでいたから。

……違う……！

俺は両手で顔を覆い、深いため息をつく。

……純情な彼が、そんなことを言うわけがないじゃないか！

ゆっくりと深呼吸をして、なんとか気持ちを落ち着かせようとする。

……彼が言った『ご褒美』というのは、お兄さんからお菓子をもらってあげる、とか、そういうことに違いない。こんなおかしな期待をしていると知られたら彼に嫌われる……。

そう思ったら、心に浮かんでいた甘い気持ちがスッと冷めていく。

……遥くんのことが本当に好きだ。彼がいると、楽しくて、信じられないほど幸せだ。彼がいない生活など、考えたくもない。でも……。

何をどう間違ったのかわからないけれど、遥くんは俺の友達になってくれた。同じ日本人だから気を許してくれた以外、理由はまったくないんだと解っているのに……どうしても期待してしまう。

……彼は社交的で、明るくて、子供のように屈託がない。彼の真っ直ぐな言葉を聞くことは、本当に心地いい。みんなが遥くんに夢中になる理由は、きっとそこにもあるはずだ。もちろん、容姿が見とれるほど綺麗っていうことも理由の一つではあるんだろうけど。

俺は、自分の無駄にデカいだけの身体とか、無骨な顔つきとか、不器用で無粋な性格を思い出して、また落ち込みそうになる。

……こんな俺が、彼に相応しいわけが……。

思った時、ふいに遥くんの言葉が耳に鮮やかに蘇る。

『そんなことで動揺しちゃう君が可愛くて、ますます好きになった』

笑みを含んだ、とても優しい声。『ますます好きになった』のところだけ、何度も繰り返し、思い出してみる。それだけで、なんだか心の底から勇気が湧いてくるみたいで……。

……遥くんを失望させないためにも、頑張らなくてはいけない……！

俺は拳を握り締め、自分に言い聞かせる。

……彼が言った『好き』が、俺と同じ『愛してる』の意味かどうかなんか、今は考えるべきじゃない。ともかく、やるべきことをやれ！

俺の中に、不思議なほどの激しい感情が湧き上がる。それは、留学のために竹刀《しない》を置いてからずっと忘れていた、激しい闘志で……。

……無骨で愚直な俺は、努力するしかない！　そして、彼に相応しい男になるんだ！

北大路遥

……あんなことは言ったし、彼を信じてるけど……。

授業の後。制服から私服に着替えた僕は、ドキドキしながら部屋を出て、寮のレクリエーションルームに向かってる。

欧米の学校では珍しいかもしれないけれど……この聖イザーク学園では、テスト成績の上位十名の名前を壁に貼り出すという習慣がある。しかも場所はその学年の寮のレクリエーションルームに入った正面の壁、一番目立つ場所。生徒達はいつでもこれを目にして、自分の成績を思い知ることになる。

この学園では、ことあるごとに人気投票や成績上位者の貼り出しがあってなかなかストレスなんだけど、兄さんによれば、卒業後の競争社会に勝ち抜くための訓練、らしい。

……たしかに、あと数年で王位を継承するとか、大企業の取締役になるとかいう生徒がたくさんいるから、壁に名前を貼り出されるくらい、たいしたストレスじゃないんだろうけど。

……でも、僕にはすごいプレッシャー。万が一のことがあったら、どうしよう……？

ここ最近、ランドルフは僕のことをやけに粘着質な目で見るようになっていた。ことあるごとに「自分が勝つ」みたいなことを森が丘くんに宣言してるらしい。クールで賢い森が丘くんは相手にしないみたいだけど、その分、ランドルフはエスカレートしてるみたい。

ほかの生徒の間でランドルフの勉強ぶりは噂になってるし、テスト前には徹夜続きって感じの真っ赤な目をしてたし……あいつがともかく必死で頑張ったのは伝わってきた。

……森が丘くんはもともとものすごく頭がいい人だし、性格的にも大人っぽくて冷静だから、ランドルフのことなんかで動揺したりしない……と思うんだけど……。

レクリエーションルームのドアの前で、僕は深呼吸をする。

……とはいえ、好きな人が自分のために頑張ってくれたんだから、やっぱりその結果を見るのはすごく緊張することで……。

「ハルカくん、ついに運命の日が来たね」

気障《きざ》な言い回しと、粘るようなやらしい口調。いやいや振り返ると、そこに立っていたのは取り巻きの生徒を引き連れたランドルフだった。

「今まであまり本気を出したことがなかったけれど、今回のテスト勉強は今までになく頑張った。テストも、かなりよくできたという実感がある。どうしても負ける気がしない」

ランドルフはにやにやしながら、僕の身体にゆっくり視線を滑らせる。

「今夜から、君はもう僕のものだよ。覚悟しておいてくれ」

「本当にそうかな？」

負けん気の強い僕は、思わず言い返してしまう。

「僕には、森が丘くんが負ける気がしないんだけど？」

「それなら、ともかく確かめようじゃないか」

ランドルフが言い、レクリエーションルームのドアを開く。中に集まっていた生徒達が、一斉《いっせい》にこっちを振り返る。僕は成績が貼り出されるはずの壁に目をやるけれど……。

「あ、まだだったんだ？」

壁には、まだ成績が貼り出されていない。当番になった先生が三年の寮から順番に回って成績を貼っていくから、一年の貼り出しは最後。焦って、ちょっと早く来すぎたみたいだ。

「……なんだ、緊張させるなよ……」

ランドルフが、やけにホッとしたようにため息をつく。それから僕を見下ろして、

「ソファ席でのんびり待とうか、ハルカ？」

肩に回されそうになった腕を、僕はスッとよけてやる。

「勝ち負けはまだ決まってない。馴《な》れ馴《な》れしくしないでくれる？」

囁いて、いつも森が丘くんといる席に向かう。部屋の一番奥、天板が白と黒の大理石でできたチェス板になっているテーブルだ。頭脳ゲームが苦手らしいランドルフは近寄りもしないけど、僕と森が丘くんは、よくここで試合をして楽しんでいて……。

……あんな無粋なランドルフの恋人になるなんて、まっぴらだ……！

悔しそうにこっちを見ているランドルフから目をそらしながら、僕は思う。

……森が丘くんが、絶対に勝っていますように！

それにしても、と思いながら、僕は腕の時計を見下ろす。着替えたらレクリエーションルームに行くと言っていた森が丘くんが、まだ来ない。

……夕食の後、廊下で別れた時には、平然としているように見えたけど、もしかしてまた何か考え込んじゃってるとか？

「みんな集まってるな！　いつも不真面目《ふまじめ》なおまえらでも、やっぱり順位は気になるか？」

いきなりドアが開き、聞き覚えのある声がする。

「兄さん！」

「ああ、遥！　やっぱりいたか！」

入ってきたのは圭兄さんだった。私服である色あせた麻の開襟シャツに、膝丈のパンツ。裸足《はだし》にビーチサンダル。髪が濡れていて首にタオルをかけているから、お風呂から上がったところなんだろう。普通ならだらしなく見えそうな格好なんだけど、兄さんが着るとものすごく色っぽく見える。

「今夜もほんとに可愛いぞ、遥！」

兄さんは僕に近づいてきて、僕の身体をきゅうきゅう抱き締める。

お風呂上りで頬がバラ色に上気しているうえに、シャツのボタンを掛け違っているせいで、布地の間から真珠色の肌が覗いてしまってる。しかもちゃんと髪を拭かないから、煌めく水滴が、肌を伝って襟元に流れ込んだりしてる。その姿はやたらとエッチで……部屋に集まっているメンバーが、成績のことも忘れたように生唾《なまつば》を飲み込んでいる。

「兄さん、またボタンをかけ違ってる。直してあげるね」

僕は兄さんの身体から離れて、慌ててボタンを直してあげる。首筋を伝う水滴をタオルで拭《ぬぐ》い、ついでに上までボタンをかける。

「遥は本当に優しいなあ。ああ、可愛い！」

兄さんは楽しそうに言って、僕の髪を撫《な》でてくれる。部屋に集まってる男子生徒達の野獣みたいな視線には、全然気づかないみたい。

……兄さんは僕のことばっかり心配するけど……自分のほうがよっぽど危ないよ。

「先生、ここでいいですか？」

ドアのほうから低い声がして、僕はハッとして振り返る。そこにいたのは、ペーパーナプキンの箱を腕の中に山積みにした、森が丘くんだった。

……森が丘くん！　やっと来た！

「オッケー、ご苦労！　そこの棚に入れてくれ！」

兄さんは森が丘くんに向かって叫び、それから僕に小声で囁いてくる。

「あいつ、憎らしいから雑用を言いつけてやってたんだ」

「え？」

「だって、おまえを抜いて一位だぞ？　まったく許せないよ」

兄さんはあっさりと言って、お尻のポケットから、畳まれた紙とセロテープを出す。ちょっとくしゃくしゃになったそれを、無造作にテープで壁に貼りつける。

「はい、テスト結果！　ここに名前のないやつは、返却されるテストに順位が書いてあるから！　それを見て、きっちり反省するようにな！」

兄さんは言い、僕に目をつぶってから部屋を出て行く。僕は呆然としながら、壁に貼られた紙にそれに目を移す。

……僕を抜いて、一位……？

掲示板の前に集まった生徒達が、僕のために道を空けてくれる。僕はそこを通って壁に近寄って……。

「一位、タケシ・モリガオカ。二位、ハルカ・キタオオジ。三位、ジョン・ランドルフ」

順位を読み上げると、生徒達の間に歓声が上がる。あからさまにしつこい態度を取るランドルフは、みんなの間でもひそかに顰蹙《ひんしゅく》を買っていたんだろう。思わず振り返ると、みんなよりも頭一つ分近く大きい森が丘くんが、呆然とした顔で掲示板を見つめていた。

「ああ……」

彼の唇から、日本語が漏れた。

「……よかった……」

心底ホッとしたような声に、僕は我を忘れる。

「森が丘くん！」

僕は生徒達の間を縫って彼に駆け寄り、その首に抱きつく。

「格好いい！　大好き！」

僕は心の底から叫んで背伸びをし、彼の頬にチュッとキスをする。

「僕の全部は、森が丘くんだけのものだからねっ！」

森が丘くんは驚いた顔になり……それからいきなり真っ赤になる。

「……は、遥くん……」

視界の隅で、ランドルフが部屋を出て行くのが見えた。がっくりと落とされた肩がちょっと哀れだけど……情けは無用だ。

「森が丘くんの全部は、僕のものだよ！　森が丘くんに手を出したら、許さないからね！」

僕は冗談めかして周囲の生徒に言うけれど……実はこれ、かなり本気だ。

……これで、僕らの仲は生徒公認。きっと森が丘くんに迫ったり、脅かしたりする不届きモノはいなくなるはずだ……！

そんなわけで森が丘くんと公認カップルになれた僕だけど、一つ悩みがある。男同士のセックスって、どうやっていいのか解らないんだ。

僕らは、キスと触りっこまではできていたけれど、やっぱりそれだけでは苦しくなってきていた。兄さんの場合はリッツォ先生から卒業式に告白され、彼が大学を卒業して戻ってくるのを待ってただけみたいだからまだしも……僕と森が丘くんはいつでもそばにいる。なのに触るだけなんて拷問だよっ！

◆

そして。学園では、一年生の修学旅行が近づいてきていた。僕はこれをきっかけに森が丘くんとの仲を進展させようとしていたんだけど……やり方が解らないんじゃどうしようもない。

この学校の一年の修学旅行はサンモリッツでスキー合宿。スイスにある兄弟校との合同合宿だった。ライバル校だから緊張感でピリピリするかと思ったけど、やけにフレンドリーな雰囲気。っていうか、あっちの学校には大人っぽい子が多くて、森が丘くんに色目を使うやつも多い。森が丘くんが誘惑されないかすごく心配だ。

「ハルカくん、本当に綺麗だよねえ。君がうちの学園に来てくれたら楽しいんだけど」

「色っぽいのに高嶺の花的なところがいいんだよねえ。うちの学園のヤツらは軽くてさあ」

「まあ、遊ぶには都合がいいんだけど」

兄弟校の三人の生徒は顔を見合わせ、下卑《げび》た笑いを交わす。

森が丘くんとの待ち合わせ場所に向かっていた僕は、いつの間にか取り囲まれていた。旅行の初日から、なにかと絡んできたメンバー三人だ。

「失礼、約束があるんで」

僕は言い、彼らの脇をすり抜ける。いつもなら愛想笑いの一つもするところだけれど、こいつらはあまりにもしつこくて、もううんざりしてたんだ。

「なんだよ、冷たいなあ」

すり抜けた……はずだったんだけど、素早く前に回り込まれて僕は再び囲まれる。さらにリーダー格のにやけた金髪に目の前に立たれて、それ以上進めなくなる。

「もしかして、あのモリガオカとかいうごついヤツと待ち合わせ？　あいつさあ、君に馴れ馴れしいよな。服装もルックスも地味だし、どう見ても庶民だろ？」

金髪に言われて、僕はイラッとする。僕のことならどんな悪口を言われてもいいけど、森が丘くんのことを言われるのは……。

「遊ぶだけにしても……あんな無骨そうなヤツ、セックス絶対下手《へた》だよな？」

「しかもあいつ、純血の日本人だろ？　クソ真面目なばっかりで、つまらなくない？」

さらに続いた言葉に、本気でムカつく。

……こういうヤツは相手にしちゃいけない。解ってるんだけど……！

「僕も純血の日本人ですけど。相手にしても、真面目でつまらないですよ？」

僕は思いっきり真顔で言ってやる。

「嘘だろ？　そんな綺麗な色の髪なのに、日本人？」

「へえ、こんな可愛い子もいるなんて。日本人も悪くないなあ」

「今まで東洋人は相手にしたことなかったんだけど……」

ヘラヘラと言う彼らを、思いっきりの強さで睨んでやる。

「軽い男って、全然好みじゃないです。っていうか、むしろ嫌いかなあ？」

それからにっこり笑ってみせて、

「だからもう、話しかけないでくださいね」

言い捨てて、彼らが呆然としている間にその場を立ち去る。

いつでも冷静だったはずの僕が、今は我を忘れてる。本当はこういうのはすごく危険だって解ってるけど……。

……でも、森が丘くんのことを悪く言われると、どうしても冷静じゃいられないんだ。

その時の僕は、まさかあんなことが起きるなんて、夢にも思っていなくて……。

「森が丘くんが教えてくれたおかげで、すっごく楽しかった」

僕は部屋に向かいながら、隣を歩く森が丘くんに言う。

「スキーならやったことがあったけど、スノボは初めてだったから」

「俺もまだ始めて三年目くらいだから、本当にちゃんと教えられるか不安だったけど」

森が丘くんは僕を見下ろしてにっこり笑う。

「生徒が優秀だったから、助かった。遥くんの身体能力の高さは本当にすごい。まさか、初心者なのにあんな難易度の高いコースを滑りこなすなんて」

しばらく森が丘くんに教わった後、僕は強引に上級者コースに向かった。日本のスキー場ならまだしも、スイスのゲレンデの上級者コースの難易度はハンパじゃない。だけど僕には、どうしてもそっちに行きたい理由があって……。

「やっぱり上級者コースのほうが景色もいいし……思い出作りのためにもトライしてみたかったんだ。森が丘くんがついていてくれたから心強かったしね」

僕はにっこり笑って言うけれど、実はほとんど無理やりそっちに行ったのは、そんな理由でじゃない。

……だって、そうでもしなきゃ、二人きりになれなかったし！

あの憎らしい金髪三人組はあんなことを言ってたけど……兄弟校の生徒達はやたらと目が高く、逞《たくま》しくて大人っぽい森が丘くんにかなりの注目が集まっていた。アジア系の美形ってだけでミステリアスと思われるみたいだし、しかも森が丘くんは慣れていない相手の前では無口でクール。それがあっちの生徒達の心をわしづかみにしたみたいで……。

「ねえ、森が丘くん」

兄弟校の生徒達の露骨なアプローチを思い出し、僕はつい不安になってしまう。そして、ずっと我慢していたことをつい言ってしまう。

「食事の前に、あっちの生徒達から、ラブレターをたくさんもらってたでしょ」

僕は、ついつい言ってしまう。

「ラブレター？　ああ……手紙ならたくさんもらったけれど、別にそういう内容じゃないだろう？　学校同士の交流についての提案だと思うよ」

森が丘くんの言葉に、僕はハッとする。

「もしかして、あれのほかにもラブレターもらってたの？」

「だから、ラブレターじゃないよ。内容を読んだけれど、どれも真面目なものだった。聖イザークでの授業内容に対する質問や、スノボのコツ、聖イザークに興味があるのでぜひ遊びに行きたいが見学は可能か……とか」

……結局、勉強やスノボを教えて欲しいとか、果ては聖イザークまで遊びに来ようとかなんだよね？　それって、ラブレターじゃないのかなあ？

僕はもやもやするものを覚えながら、

「課題を見て欲しいとか、スノボを教えて欲しいとか、書いてなかったの？」

「それは書いてあったけれど、一応丁寧にお断りさせてもらった。課題は自分でやるべきだし、スノボのインストラクターは、学校で雇ったプロが何人もいるからね。……それに」

森が丘くんは僕を見下ろして、なんだか優しい声で言う。

「……せっかくの修学旅行なんだから、できるだけ君と二人の時間を過ごしたい」

「……あ……っ」

漆黒の瞳で見つめられたら、それだけで身体が熱くなりそう。

「そ、それは、僕も同じだよ。ええと……このまま僕の部屋に来ない？　そしたら朝まで二人きりになれるよ？」

ちょっと露骨だろうか、と思いつつ、つい誘いの言葉を言ってしまう。だって彼のそばにいるだけで、なんだかトロトロになりそうで……。

……ああ、森が丘くんと、エッチなことしたい……！

森が丘くんは呆然とした顔で僕を見つめ……それからふいに目をそらす。

「そ、それはダメだ」

慌てたように言う。

「そんなことをしたら……」

「そんなことしたら？　何？」

下から顔を覗き込むと、彼はなんだか苦しそうな顔で、

「隣の部屋に、声が聞こえてしまう。聖イザークと違って、このホテルは壁が薄いし」

「……あ……」

彼も同じことを想像してくれてたんだ、と思ったら、なんだかものすごく嬉しくなる。よく見ると彼の陽灼《ひや》けした頬は微かに染まっていて……。

それを見た僕の胸がキュウンと強く痛む。僕は今すぐに抱きつきたいのをこらえて、心の中だけで思い切り叫ぶ。

……ああっ！　やっぱり僕の森が丘くんは、本当に可愛いよ――っ！　本当に、苛めたくなるほど可愛いよ――っ！

「え？　声って、なんの声？」

僕は首を傾げ、わざと不思議そうに聞いてしまう。

「朝までチェスをしようって意味だったんだけど……？」

「あっ」

森が丘くんは小さく息を呑み、さらに赤くなってしまう。

「ご、ごめん。俺……」

僕は彼の可愛さに思わず微笑んでしまいながら、周囲を見回す。この時間はみんなレクリエーションルームにでもいるのか、廊下にはまったく人影がない。

……とはいえ、一応、用心のために……。

「ちょっと来て」

僕は森が丘くんの腕を摑んで、廊下を進む。そして、階段脇にある小部屋のドアを開けて彼を引き込む。

「こ、ここは?」

そこは十畳くらいのシンプルな部屋。両側にスチール棚が並び、きちんと畳まれたシーツや毛布がうずたかく積まれている。

「ここはリネン室。朝のクリーニングの時間しか、従業員は来ないみたい。貴重品が置いてあるわけじゃないせいか、いつも鍵がかかってない」

僕が片目をつぶって見せると、森が丘くんは目を丸くする。

「部屋の壁が薄いことは兄さんから聞いてたから、散歩のフリをしてちゃんと探しておいたんだ。二人きりになれる場所」

僕が囁くと、彼はさらに驚いた顔になる。

「もちろん、急に従業員が入ってくるかもしれない。ここでエッチなことをするわけにはいかないけど……」

僕は彼の両手に手を置き、背伸びをして彼の唇にチュッとキスをする。

「……キスくらいなら、できるでしょ？」

彼は、呆然と目を見開いたままで僕を見下ろす。

……うわ、キスしたのに無反応だ。もしかして、やりすぎて呆《あき》れられた？

僕は焦りながら彼の肩から手を離す。

「ごめん。呆れたよね。僕、君とずっとキスしたくて、つい……」

言いながら一歩下がろうとした僕の腕を、ふいに伸ばされた彼の右手が摑む。

「呆れてなんかいない。そうじゃなくて……」

僕の手を引き寄せながら、彼の左手が僕の腰に回される。グッと抱き寄せられ、そのまま端麗な顔が近づいて……。

「……ん、く……っ」

獰猛に重なってくる唇、いきなり口腔に深く差し込まれる熱い舌。上顎をくすぐられ、舌を淫らに絡められて……あまりの快感に、腰が抜けてしまいそう。

……ああ……やっぱり森が丘くんのキスはすごい……。

僕は目を閉じ、彼の唇と舌を感じながら陶然と思う。

……なんだかもう、キスだけでイキそうだよ……っ！

「……ん……ん……っ」

学園では少しだけ関係が進展したけど、修学旅行でこのホテルに来てから、壁の薄さと人目の多さが原因で、完全な禁欲状態。もしも何も知らない頃だったら、ただドキドキするだけだったかもしれないけど……僕の身体は、森が丘くんの愛撫をしっかりと覚えてしまってて。

「……ん……んん……っ」

僕の腰をしっかりと抱き締めた力強い腕。ぴったりと押しつけられた逞しい身体。鼻腔をくすぐる芳しい香り。心から求められているんだと伝わってくる野性的なキスは、僕の心と身体をとめどなく熱くする。

……ああ、このままもっとエッチなことまでしちゃいたい……。

僕は思いながら、彼の舌におずおずと自分の舌を絡める。それを感じたのか彼のキスがさらに深くなり、呑みきれなかった唾液が唇の端からゆっくりと顎を伝う。

「……ン……ッ」

そのくすぐったさまでが快感に変わって、僕は思わず手を上げ、彼の腕に爪を立てる。スキーパンツの下で、屹立が熱く勃起してくるのを感じる。

……ああ、もう、我慢できなくなる……。

「……ンン……森が丘くん……僕……っ」

キスの合間に、僕の唇から恥ずかしいほど濡れた声が漏れた。彼の手が僕の腕を掴み、ふ

いに身体が引き離される。

「……あっ」

陶然としていた僕は、現実に引き戻されて呆然とする。

「ごめん、そんな甘い声を出されたら、本当に我慢できなくなるよ」

一歩後退《あとじさ》った森が丘くんが言って、深いため息をつく。

「本当は、ずっと君とエッチなことをしたくて……でも、ずっと我慢していて……」

森が丘くんの頬が、微かに染まっている。

「君も同じ気持ちだったこと、ちょっと嬉しい」

僕が言うと、彼は驚いたように目を見開く。

「遥くんも？」

「うん。だって、森が丘くんがすごくセクシーなこと、身体が覚えてるもん」

僕が言うと、彼はいきなり手で顔を覆って深いため息をつく。僕は焦りながら、

「あ、ごめん、強烈なことを言っちゃった。今度こそ怒った？」

「そうじゃない。俺の身体も……君がどんなに色っぽいかを覚えてしまったんだ。だから我慢するのがとてもつらい」

「じゃあ……ここで、しちゃう？」

思わず言うと、森が丘くんはどこかがとても痛んだかのように、目を閉じて息を呑む。目

を閉じたまま深呼吸をして、それからゆっくり目を開く。

「ダメだよ、遥くん」

彼の冷静な声に、僕はしょげてしまいながら、

「ごめんなさい。わかってる。エッチなことをしてるところを誰かに目撃なんかされたら、たいへんなことになる。森が丘くんの明るい将来に傷がつくのは、僕は……」

「俺だけじゃなくて、君の将来にも」

彼の言葉に、僕は苦笑してしまう。

「僕は北大路家のお荷物だもん。昔から身体は弱いし、意志は弱いし……」

僕は、いつも思っていたことをつい言ってしまう。

「北大路家の事業は、ゆくゆくは圭兄さんが継ぐと思う。兄さんは昔からずば抜けて優秀だったし、意志も強い。今は聖イザーク学園で校医をしてるけど、お祖父《じい》様もお祖母《ばあ》様も両親も、それは社会勉強のためで、将来は経営陣に加わらせるつもりだって言ってた。みんな、兄さんに期待してるんだ」

黙って聞いていた森が丘くんが、真剣な顔で、

「昔はどうあれ、今の君は健康になったじゃないか。成績も運動神経も申し分ないし、何よりもそのカリスマ性でみんなからとても慕われている。君は会社経営には向いていると思う」

「僕が？」

彼は僕の目を見つめてうなずいて、

「俺は、将来は一族の会社経営に加わることが決められている。森が丘家の長男だからね。だから学校の勉強のほかに家庭教師をつけられて帝王学を叩き込まれた。それでわかったんだ。自分にはいろいろなものが欠けているって」

森が丘くんは僕を見つめながら続ける。

「でも君は俺に欠けているものをすべて持っている。だから俺は君がうらやましいんだ」

彼の言葉に、僕は本気で驚いてしまう。

「うらやましい？　君が？」

「君はすごいカリスマ性を持っていて、一目見たらもう忘れられない。人は心を奪われ、君のためならなんでもしてあげたいと思ってしまうんだ」

「それは……僕が頼りないからじゃなくて？」

「違うよ。君を守りたいから」

森が丘くんは僕を見つめながら言う。

「だから……今夜はこれだけで」

森が丘くんは身をかがめて、僕の唇にそっとキスをする。

「……おやすみ」

囁かれて、僕の胸はとても熱くなったんだ。

「……じゃあ、また明日。七時にメインダイニングの朝食ビュッフェでいい？」

僕はドアの前で言う。森が丘くんはうなずいて、

「うん。七時に」

優しい声で言ってくれる。本当はもっとおやすみのキスをしたいけど……。

◆

「こんばんは」

「おやすみなさい」

彼の後ろを通った兄弟校の生徒達が、僕らに挨拶をしてくれる。

「おやすみなさい」

森が丘くんが彼らに言う。僕も彼らににっこり微笑んでみせて、

「おやすみなさい。いい夢を」

言うと、二人は頬を染めてうなずき、早足で通り抜ける。

「……うわあ、やっぱり可愛いなあ、ハルカくん」

「……ほんと、うちの学校に来ればよかったのに」

二人が囁き合ってるのを聞いて、森が丘くんが苦笑する。

「遥くんは、本当に人気があるよね。だからこそ、部屋の前までエスコートしなくちゃ気がすまないんだ」

「まったく。心配性なんだから」

彼の後ろをまた、今度は聖イザークの生徒が通り過ぎ、僕らは彼らに挨拶をする。あんまり長時間話していると、いぶかしく思われそうだ。

「それじゃ、また明日」

僕は森が丘くんに言い、それから廊下の左右を素早く確認。遠ざかっていく生徒達しかいないことを確かめて、彼の手を素早く握る。

「おやすみ！」

彼の体温だけで、今夜はいい夢が見られそうだ。僕は未練がましいと思われないように素早く踵を返し、部屋に入る。ドアを閉め、背中でドアによりかかる。

「……はあ……」

左手で右手を握り締め、それを胸に当てる。だって、森が丘くんの手の体温を、朝まで忘れたくなくて……。

……ああ、僕って、本当に彼に夢中なんだ……。

僕はホッとため息をつき、それから部屋の電気を点ける。ベッドに向かおうとして……。

「……え？」

一歩踏み出そうとして、自分が何かを踏んでいることに気づく。見下ろしてみると、靴の下にあったのは一枚のメモだった。振り返ると、ドアの下にはけっこう大きく隙間が開いている。きっとそこから差し込まれたんだろう。

「……なんだろう」

僕はメモを拾い上げ、それをひっくり返してみて……。

「……っ！」

そこに書かれていた文字を見て、僕は思わず息を呑む。

『おまえのところの生徒を誘拐《ゆうかい》した。名前はマイケルとロジャーだ。取り返したければ、だれもつれずに一人でここに来い』

……マイケルとロジャーが……！

この二人は保健委員で、兄さんがとても可愛がっている生徒。僕とも仲良くしてくれてるから、話をしているところでも見られたのかもしれない。

字の下には、簡単な地図が描いてあった。そこには、上級者コースの頂上にあった休憩所の場所が示してある。

僕の脳裏に、手ひどく振ってやったあの三人の顔が浮かぶ。

……あいつら……！

僕の胸に、激しい怒りが湧き上がる。僕は部屋を横切って窓に駆け寄り、カーテンを開く。

窓から見える山の頂上に、明かりが灯《とも》っているのが見える。あれが、休憩所の明かりだろう。ナイトスキーを楽しむ生徒のためにゲレンデにはまだ明かりが点いているし、リフトも動いている。だからあそこまで行くだけなら簡単だろうけど……。

僕はベッドサイドに置かれた時計に目をやる。時間は八時二十分。十時になったらゲレンデの明かりは落ちるし、リフトも止まる。しかも……。

僕は嫌な予感を覚えて、空を見上げる。

滑っている時から少し風が強かったけれど、今はさらに風が強いみたいだ。しかも空を黒い雪雲が分厚く覆っている。

……山の天気は変わりやすい。もしかしたらすぐにでも吹雪《ふぶき》になるかもしれない。そうなったらすぐにリフトは止められるし、ゲレンデの生徒達はホテルに戻るように言われて、明かりも落とされるはず。

僕は血の気が引くのを感じながら、メモを握り締める。

……こんな夜に、あんなところに行くなんて、なんて命知らずなバカ達なんだ……！

僕はクシャクシャになったメモをベッドの上に思い切り投げつける。

……急に拉致されたマイケルやロジャーは、どんなに不安な思いをしているか……！

可愛がっている保健委員の彼らが危険な目に遭っていると兄さんが知ったら、どんなに心配するか解らない。

……兄さんが修学旅行に合流する明日までに、二人をちゃんと助け出さなきゃ！

僕はハンガーにかけてあったダウンジャケットや手袋を持って、部屋を出る。もしかしたら森が丘くんに相談すべきなのかもしれないけれど……。

……『一人で来い』と書かれているのに二人で行ったら、男がすたる！

それに、これは僕の態度が招いたトラブル。僕が自分で解決しなきゃ！

……待ってろ、二人とも！　今すぐに助けてやる……！

◆

「だからどうすんだよ、こんな吹雪になっちゃって！」

「やばい、リフトが止まったぞ！」

「しかもこんな吹雪じゃ、どうせ来るわけが……」

休憩所の中から、言い争う声が聞こえてくる。吹雪の中を必死でここまで登ってきた僕は、本当なら小屋の中に倒れ込みたいところだったけど……そんな弱みを見せるわけにはいかない。気合を入れるために深呼吸をし、それからドアを勢いよく開いてやる。

「来ないわけないだろ？　おまえらと違って、僕は……」

「うわあ！」

「雪が！」

「寒いから閉めてくれよお！」

三人は僕の存在よりも吹き込んできた吹雪に驚いたみたい。僕は呆れながら中に入り、後ろ手にドアを閉める。

休憩所は、本当に文字通りの休憩所。木でできたテーブルと椅子が並んでいるだけの、小さなログハウスだった。壁際にカウンターがあり、コーヒーベンダーが置かれている。どうやらセルフサービスであたたかなものを飲めるようになっているんだろう。だけど、設備としてはそれだけ。まあ、だからこいつらにも忍び込めたんだろうけど。

僕は部屋を見回して、保健委員の二人、マイケルとロジャーが無事なのを確認する。二人はどうやらスキー中に拉致されたらしく、まだスキーウエアのままだった。両手首をまとめてハンカチで縛られ、部屋の隅の床に座り込んでいる。

「大丈夫。助けに来たよ」

僕が言うと、二人は一瞬だけホッとした顔をするけど……ごつい三人組と僕を見比べて、また不安そうな顔になる。

「遥くん、ごめん、僕らが情けないせいで君まで危険な目に……」

「君に何かあったら、ケイ先生に顔向けできないのに……本当にごめん」

二人の苦しげな声に、僕は無理やり笑ってみせる。

「僕は正義のヒーローなんだよ？　助けに来たんだから、もっと喜んで欲しいなあ」

僕は言いながら、さらに部屋の中を見渡す。

いかつい三人は面白そうに僕らを見比べているけれど……全員が寒そうに身体を抱き締めている。彼らはいったんホテルに戻ってから、ナイトスキーをしている彼らを拉致しにきたんだろう。三人ともスキーウエアではなく、くつろいだセーターにジーンズ。上に羽織っているのは羽毛が入っていない普通の革ジャケット。防寒具としては全然役に立たないだろう。

「可愛い遥くんが来てくれたのは嬉しいけど……この小屋、ボロすぎてめちゃくちゃ寒いんだよねえ」

「よかったら、今夜は休戦にしてホテルに帰らない？」

「吹雪もひどくなってきたしさあ」

いつもと変わらない軽口だけど、声が微かに震えてる。

「おまえら、本当にバカだな。なんでそんな軽装なんだよ？」

僕が言ってやると、彼らはグッと言葉に詰まる。それから、

「だって、さっきまでリフトが動いてたから」

「昼間ここで休憩した時には、薪《まき》ストーブが燃やされてて、暑いくらいだったからさあ」

どうやらこいつらは、窓ガラスの一部を割り、そこから鍵を開けて入ったみたい。窓ガラスの割れ目には紙が張ってあるけれど、強風に耐えられずに今にも剥がれそうにひらひらし

てる。そこから寒風が吹き込んできていて、部屋の中はかなり冷えている。

……まったく、なんなんだよ？　これじゃあ、すぐに外と気温が変わらなくなるぞ！

僕は呆れながらそこに近づき、転がっていたガムテープで窓ガラスを補強する。

……これでなんとか隙間風を防げるだろう。まあ、これ以上風が強くなったら、剝がれちゃいそうだけど……。

「なんで薪ストーブを点けないいんだよ？」

僕が振り返って言うと、三人はムキになって、

「それは、さっきからずっとやってるんだってば。だけど一向に点かないいんだよ！」

「俺の実家は暖炉だから、薪ストーブなんか見たことないし！」

「うちの別荘は薪ストーブだけど、火を入れるのは執事の仕事なんだよ。だからやり方なんかわかるわけない！」

三人の言葉に、僕は呆れてしまう。

「ほんと、情けないやつらだな」

僕はため息をつき、ポケットから携帯電話を取り出す。学校では寮長であるキング以外は、携帯電話もスマートフォンも禁止。だから、普段は職員室の金庫に預けてあるんだけど……雪山は危険だからと返してもらった。しかもここにはアンテナがいくつも立てられ、電波がよく入る。本当に電話できるのか心配になって、実は昼間に実験済みだ。

「じゃあ、休戦ってことで助けを呼ぶからな。今度はもっと頭のいいやり方で勝負を挑んでよ。チェスとか、バックギャモンとか、ビリヤードとか」

僕は、ホテルのフロントの電話番号を表示させながら言う。ホテルのポーチにはごついスノーバイクが何台も置かれていたし、ホテル内にある救護室には専属のお医者さんだけでなく、揃《そろ》いのウエアを着た救助隊員が何人も待機していた。連絡すればすぐに助けに来てくれるだろう。

「休憩所の裏に、予備のスキーがいくつかあった。だから僕と彼らだけなら、スキーをしながらなんとか帰れそうだけど……」

僕は床に座って固まっている三人を見下ろしてやりながら、

「そんな薄着じゃ、スキーすらできないよね？　途中で遭難しそうだ」

僕がわざと言ってやると、彼らは情けない顔になって、

「ちょっと待って。置いていくなんて言わないよな？」

「頼むから、俺達も連れて行ってくれよ！」

僕は本気で呆れながら、通話ボタンを押す。受話口からは、電波を探している、ツ、ツ、ツ、という音が響いて……。

「……え？」

いつまでも電話がかからないことに焦って、僕は耳から離した携帯電話を見下ろす。液晶

画面には、圏外を示すマークが出ている。手を上に上げてグルグルまわしても、向きを変えてもそれは変わらない。

……電波が、来てない？　なんでだ？

僕は通話を切り、窓に近づいてそこでもう一度トライしてみて……。

「……昼間は、ちゃんと電話が通じたのに……！」

僕が言うと、三人組も慌ててポケットから携帯電話を取り出す。

「えっ？　なんでだ？　さっきまで電話通じてたよな？」

「通じてた。それどころか、ネットだって普通にできてたぜ？」

「携帯電話やネットが通じるように、山には専用の簡易アンテナを立ててあるって、ホテルのパンフレットに書いてあったぞ？　だから安心してたのに……」

その言葉に、僕はちょっと青ざめる。

「もしかして、吹雪でアンテナが折れたとか？」

僕が言いかけた時、いきなり休憩所が真っ暗になった。

「きゃあっ」

「停電？」

二人の保健委員が、怖そうに叫ぶ。三人組までが、

「うわ、勘弁してくれよ！」

「こんな山の中で真っ暗だなんて！　何が出るかわからないぞ！」

「チクショウ、怖いことを言うな！」

情けないことを叫んでいる。僕はため息をついて、来る途中で使っていた小型の懐中電灯を背中のリュックから取り出す。それを点けて三人の顔を照らしてチラチラとやりながら、

「お化けが怖いなら、これを点けてあげてもいいよ。その代わり、二人の手首のハンカチを解《ほど》いてあげてくれるかな？」

懐中電灯で、床に座り込んだマイケルとロジャーを照らす。三人は椅子やテーブルにぶつかりながら慌てて彼らに近づき、手首のハンカチを解いている。

「二人とも、こっちに。そんなところにいたら冷えちゃうから」

僕が言うと、保健委員の二人は慌てて立ち上がって僕のほうに走ってくる。

「救助が来るまで、なんとかして寒さをしのがなきゃ。雪山の休憩所なんだから、身体をあたためるための毛布とか、非常用の食料とか、ストックしてあるはずだ」

僕が言うと、二人はうなずく。

「僕らも一緒に探すね」

「ともかく、無事に山を下りなくちゃ」

僕らは三人で固まって暖を取りながら、狭い休憩所の中を歩く。壁やキッチンの開き戸を開け、中を懐中電灯で照らして調べていくけれど、キッチンの棚に入っていたのは紙コップ

とコーヒーの粉のストックだけ。棚の開き戸には掃除道具が入っているだけ。すべての場所を探したけれど、防寒具や食料がない。しかもストーブに使う薪も、ストーブの脇に置いてある数本以外は見当たらない。

「本当に、ただの休憩所みたいだ。それにしても、薪の予備もないなんて……」

僕はため息をつきながら、懐中電灯で周囲を照らす。怯えたように固まって立っている情けない三人組を照らし出して、

「火を点けようとしたってことは、誰かライターを持ってるんだよね？　今は使い道の追及はしないから、貸してくれる？」

リーダー格のピアスをしたやつが、恐る恐る近寄ってきて僕にライターを手渡す。

「いや、別にタバコじゃなくて、部屋でアロマを炷《た》く趣味があるから……」

「今は追及しないってば」

僕は言いながらライターを引ったくる。テーブルに置いてあったペーパーナプキンの束を持ってストーブに近づき、ストーブの前面にある扉を開く。ペーパーナプキンをその中に入れて、ライターで火を点ける。そしてその近くに細めの薪を差し出し、火を燃え移らせようとしてみる。

「うう……難しいな。なかなか点かない」

ペーパーナプキンはあっというまに燃え尽きて、薪は表面が微かに焦げただけ。そういえ

ば僕も、薪に火を点けたことなんかなくて……。

「やっぱり難しいだろ？」

後ろに来ていたリーダー格のピアス野郎が、憎らしいことを言う。僕は振り返って、

「一応スイス校に通ってるんだから、雪山には慣れてるんじゃないの？」

僕が言うと、三人はかぶりを振って、

「スイスと言いながら、校舎があるのは、高級観光地の街中だ。学校も寮もセントラルヒーティングだから、寒い思いなんかしたことがない」

「休みの日にスキー場には行くけど、ほとんどナンパ目的だし」

「本当はスキーもスノボも初心者なんだよね」

情けない様子で言われて、なんだか絶望的な気持ちになる。置かれていたコーヒーポットは電気式でガスコンロはないから、停電した今はお湯さえ沸かせない。非常用の食料もないから、どんどん寒くなるここで、僕らは凍えるしかない。もしも明日晴れてリフトが動けば山を下りられるだろうし、その前にここの管理人が見回りに来るかもしれない。だけど、明日も吹雪がひどかったら、僕らは誰にも気づかれないまま……？

……そんなことになったら、兄さんも、そして森が丘くんにももう会えなくなる！　そんなの、絶対に嫌だ！

僕は必死で薪に火を点けようとするけれど……カチッカチッと音がするばかりで、ライタ

ーに火が点かなくなってしまう。

「火が点かないんだけど！　僕、使い方、間違ってる？」

僕が言うと、ライターの持ち主のピアス野郎が慌てて近づいてくる。僕の手からライターを受け取り、何度か試したり、振ったりして……。

「オイル切れだ」

呆然とした声で言う。その言葉に、全員が大きく息を呑む。真っ暗な部屋の中の温度が、さらに下がったような気がする。保健委員の二人は不安そうに身を寄せ合い、三人組はいきなり野生動物みたいに怒りを爆発させる。

「てめえ、どうしてちゃんとライターにオイル入れておかないんだよっ！」

「おまえこそ、なんで今日に限ってライター持ってねえんだっ！」

「ってか、最初にこの計画を言い出したのはおまえだろっ！　おまえのせいで……っ！」

まるで野良犬の喧嘩《けんか》みたいな迫力に、僕達は身を寄せ合って隅に逃げる。いつの間にか吐く息が白くなっていて、頬が寒さでちりちり痛む。

……本当に、このままじゃ僕達は凍死してしまうかも……！

思った時、外から何かが聞こえてきた。それは微かだけど、たしかに……。

「静かに！」

僕が叫ぶと、三人は揃って言葉を切る。

「足音がする！」

しっかりとした足取り。僕の脳裏に、近づいてくる人の姿が鮮やかに浮かぶ。

「助けが来たかもしれない！」

言うけれど、三人は怯えたように、

「こんなところに助けが来るわけがない……もしかして、雪山の幽霊……」

「……うわ、やめてくれよう……っ」

「……ドアを開けちゃダメだ……っ！」

本当に情けない声で叫んでる。僕は部屋を横切り、ドアを思い切り開いて……。

吹きすさぶ吹雪の中、近づいてくるのは、分厚いフードつきのダウンコートを着た大柄な人影。しっかりとゴーグルを着け、鼻から下は寒冷地用のマスクで覆っているけれど……。

「森が丘くん！」

叫ぶと、相手はマスクとゴーグルを取る。現れたのは、森が丘くんの端整な顔だった。

……ああ、やっぱり……！

僕は我慢できなくなって外に飛び出し、彼の身体にすがりつく。

「……怖かったよ……森が丘くん……！」

「うん。よく頑張ったね」

彼はキュッと抱き締めてくれてから、僕を守るようにして小屋に入る。腰につけていた大

型のトランシーバーの通話スイッチをオンにして、

「頂上の休憩所で、行方不明《ゆくえ》になっていた生徒達を発見しました。スイス校の生徒が三人、うちの生徒が三人。ええ、遥くんも無事です」

『ああ、よかった！　本当によかった！』

トランシーバーの向こうで叫んでいるのは、今回の責任者である先生だ。きっと僕らが行方不明になってすごく心配してくれたんだろう。

『本当ならすぐにヘリを飛ばしたいところなんだが、吹雪で無理だ。もしかしたら明日の朝になるかもしれない』

「わかりました。それまで彼らは俺が守ります」

森が丘くんは言って、通話を切る。そして僕達に向き直る。

「もう一人の保健委員のルパートが、マイケルとロジャーがナイトスキーから戻っていないと知らせてくれたんだ。遥くんの部屋にいるかもしれないと思って捜しに行ったら、そこでこんなメモを見つけた」

森が丘くんが、ポケットから出したのは、三人組がよこしたあのメモだった。

固まっている三人をきつい目で睨んで、

「言いたいことはたくさんあるが、まずは無事に下山するまでおあずけだ」

それから、僕に向かって、

「大丈夫。厳しいお祖父様にしごかれて、よく山中で合宿をさせられていたんだ」

彼はテーブルに背負っていたリュックを置き、中からいろいろなものを取り出していく。カンテラ、小型のストーブ、簡易コンロとヤカン。さらにさまざまな非常用の食料。

「モリガオカくん、すごい！　助かったよ！」

「わあ、簡易ストーブまであるよ！　これで凍死しなくてすむ！」

保健委員達が嬉しそうに言う。森が丘くんは手早く簡易ストーブといくつかのカンテラに火を点ける。カンテラの一つを手に持って室内を照らす。棚の扉がすべて開けられているのを見て、

「小屋の中にあたたまれるものが何かないか、調べたんだね。感心だ」

「だけど、不思議なほど何もないんだ。非常食も、毛布も」

僕はため息をつきながら言う。

「あるのはコーヒーの粉くらい。あと、薪ストーブの薪の予備もない」

森が丘くんはしばらく考え、それから、

「それはおかしいな。別の場所に倉庫があるんじゃないか？　少し待っていて」

言い残して、いきなり吹雪の中に出て行ってしまう。僕らが不安になった頃に戻ってきた彼の手には、クリーニング店の袋に包まれたままの、人数分の毛布があった。

「まずはこれに包《くる》まっていて。すぐに薪を取ってくる」

彼は言い残してまた雪の中に出て行き、すぐに大量の薪を持って戻ってきた。

「着火剤と防水マッチも倉庫にあった。これがないと、火が点かないよ」

言いながら薪ストーブの中に薪を入れ、それにスプレー式の着火剤を噴射する。火を点けたマッチを放り込むと、薪は青い炎を上げていきなり燃え始める。

「わあ、点いた！」

「さすが、モリガオカくん！」

保健委員の二人が拍手をしている。森が丘くんが薪をさらに足して扉を閉めると、炎は赤く燃え上がり、あたたかな暖気が広がってくる。

「お湯が沸いたら、コーヒーを入れるから、まずはあたたまろう」

簡易ヤカンに水を入れた森が丘くんが、薪ストーブの上にそれを置きながら言う。そして森が丘くんは、僕らに美味《おい》しいコーヒーをいれてくれた。あっちの学校の生徒も「悪気はなかった。ハルカくんに相手にしてもらいたくて、ちょっとしたゲームのつもりでしかけてしまったんだ。本当にごめん」と謝ってくれた。森が丘くんは彼らにも食料を分け、僕らは救助を待った。

僕は森が丘くんと一緒の毛布に包まってコーヒーを飲みながら、こんなところだけど幸せを感じてしまっていた。

……ああ、森が丘くん、本当に格好いいよ！

◆

次の朝、吹雪がやんで電話が通じるようになった。だけど、まだ風が強くてヘリが飛べるまで三時間はかかるだろうと言われてしまった。

あの三人組は反省したのか、やけにせわしなく働き始めている。

「ストーブの薪が足りなくなりそうだ。物置小屋から運ぶのを手伝って欲しいんだ」

一人が森が丘くんに言って、彼と一緒に小屋を出ようとする。そこで振り返って、

「その毛布、倉庫に返した方がいいんじゃないか？　吹雪がやんだら、すぐに休憩の客が来るだろうし」

その言葉に、毛布を畳んでいた保健委員二人が立ち上がる。二人で手分けしてそれを持ち、小屋から出て行く。

「昨夜は大変だったけど、なんとか無事に帰れそうだね」

僕は、床にモップをかけながら言う。

「君たちも反省してくれたみたいで、よかっ……わっ」

僕はリーダー格の男にいきなり抱きかかえられて驚いて声を上げる。三人を案内していたヤツが戻ってきて、

「あの三人は閉じ込めておいた。三時間あれば全員で楽しめるはずだ」

……え……?!

「よし、たっぷり楽しもうぜ」

二人が僕を床の上に仰向けに押し倒して、それぞれが左右の手を床に押さえつける。リーダー格のヤツがいやらしい笑みを浮かべながら、僕のダウンジャケットのファスナーを下ろす。

「なにするんだよ‼」

「このままで済むわけがないだろう？　しかも昨夜は、目の前でイチャイチャしやがって！」

「もしかして、誘ってたんじゃないか？」

「きっとそうだ。可愛い顔して淫乱だな」

彼らは言って下卑た笑いを交わす。

「放せ！　放せよっ！」

必死で暴れるけれど、三人がかりで押さえつけられてほとんど身動きができない。

「チクショウ！」

僕は叫んで足を大きく曲げ、リーダー格のヤツの顔に靴底で蹴りを入れようとする。だけどそのまま足首を摑まれてしまう。

「その気の強さも本当にたまらない。おまえら、ちゃんとムービーで撮影しておけよ」

彼は言いながら、僕のスキーパンツのファスナーをゆっくり引き下ろす。

「これをばらまかれたくなかったら、スイス校に編入届けを出せよ。毎日可愛がってやる」

耳たぶをネロリとなめられて、本気で寒気が走る。

……森が丘くんに捧げるはずの貞操を、こんなやつらに奪われるなんて！

「助けて、森が丘くん！」

僕は暴れながら必死で叫ぶ。

「僕が愛してるのは君だけなんだ！」

もうダメか、と思った時、山小屋のドアが外から蹴破られた。そこに立っていたのは本気で怒った森が丘くんだった。野生の熊みたいなものすごい迫力に生徒達はひるみ、だけど後戻りできないと思ったのか、森が丘くんにいっせいに飛びかかる。

「おまえら、もう許さない！」

森が丘くんは叫び、三人の頬を次々に平手で叩いた。ほんの軽くなぎ払っただけみたいに見えたのに、三人はあっけなく気絶して床に情けなく倒れる。

「こういう時は顎の先を狙うんだよ。脳しんとうを起こして、簡単に気絶するからね」

三人を物置に運んで閉じ込めた森が丘くんが言い、保健委員達が感心したようにうなずいている。それから、

「モリガオカくん、すごかったんだよ。ハルカくんの叫びを聞いたとたんにいきなりドアを

蹴破って……」

「うん、本物の熊みたいだった」

……ああ、優しい森が丘くんも素敵だけど、野性的な森が丘くんもセクシーだ……！

◆

救助ヘリから最初に降りてきたのは圭兄さんと、心配そうなリッツォ先生だった。圭兄さんは僕らが凍傷も怪我もなく無事であることを確認し……それから僕を抱き締めていきなり号泣する。

「心配したんだからな！　おまえに何かあったら兄さんは生きていけないんだからな！」

泣きじゃくる兄さんを抱き締めて、僕は必死で謝る。

……こんなに心配をさせて、本当に悪いことをしちゃった。

僕らは救助ヘリに乗せられ、ホテルに戻る。森が丘くんは、学園長代理であるリッツォ先生に逐一報告した。あっちの学校の生徒達は、どうやら厳しく処分されるらしい。

◆

その夜。僕と森が丘くんは、リッツォ先生の部屋にいた。彼はどうやら僕らがエッチを目撃していたことに気づいていたみたいで、お詫びにこの部屋を貸してくれた。ちなみに、リッツォ先生は兄さんの部屋に泊まるから、最後の夜まで自由に使っていいと言われてる。

生徒用の部屋は狭くて壁が薄かったけれど、別棟にある先生方の部屋は驚くほど豪華だった。専用リビングとベッドルーム、ゲレンデを見渡せるベランダ。そして大きなジャクジーつきのお風呂。何よりも、ものすごく防音がしっかりしていそうなところがありがたい。

「無事でよかった」

本当に安心したように囁かれ、キスをされて身体と心が熱くなる。

「最後までしたい。でも、やり方がわからないんだ。兄さんは全然教えてくれないし」

僕が言うと、森が丘くんはちょっと恥ずかしそうに、

「俺はリッツォ先生に聞いた。彼はきちんとやり方を教えてくれて、必要なものも用意してくれた。『俺が協力したことはケイには絶対に内緒だぞ』って言いながらだけどね」

彼が出したのは、何かのチューブ。ラベルには『潤滑ゼリー』と書いてある。

「ゼリー？　こ、これをどうするの？」

「おいで」

森が丘くんは、僕を連れてバスルームに入る。二人で裸になってシャワーを浴び、身体を綺麗に洗い、それから……。

彼はお風呂の中で僕の身体を隅々まで愛撫して、トロトロにしてしまった。お湯の中に僕を立たせ、勃起してしまった中心を口で淫らに愛撫しながら、ゼリーをたっぷりつけた指を僕の後孔に滑り込ませる。

「……あ、あん……っ！」

まさかこんなことまでされるとは思わなくて、僕はもうどうしていいのか解らない。彼は僕の前にひざまずき、屹立を舐めたり吸い上げたりして僕を本気で喘がせ、そのたびに少しずつ指を深く入れてきて……。

「……あ、なんだか……」

彼の指を受け入れた蕾《つぼみ》がとても熱い。最初は少しきつかったけれど、今はもうトロトロに蕩けて、それどころか彼の指をきゅうきゅう締めつけていて……。

彼は僕を強く吸い上げて喘がせてから、ゆっくりと蕾から指を引き抜く。そして立ち上がって僕を見下ろしてくる。

「俺は本気で君を愛してる。このまま一生離さない。それでもいい？」

彼の甘い言葉に、胸が熱くなる。

「僕も君のことを愛してる。一生、君だけのものだ」

「いい子だ」

彼は僕の髪にキスをして、それから僕の身体を方向転換させる。

「最初は後ろからの方が負担が少ないだろうって、先生が言ってた。だから……」

僕の蕾に、燃え上がりそうに熱いものがグッと強く押し当てられた。

……ああ、これが彼の欲望……。

僕は目を閉じ、その逞しさと獰猛さを感じて思わず息を呑む。

……すごくおっきくて、すごく硬い……！

彼は僕の腰を大きな手でしっかりと支え、後ろから僕をゆっくりと貫いてくる。

「……あ、あぁ……森が丘、くん……っ！」

「痛い？　つらかったらやめるよ」

彼がかすれた声で囁いてくる。僕はかぶりを振って、

「つらくない。そうじゃなくて……身体が蕩けそうで……」

目を開けた僕は、湯船の横の壁に設けられた窓のガラスに、二人の姿がしっかり映っていることに気づく。この部屋のバスルームはほかの部屋から離れた場所に突き出しているし、多分、部屋にいるよりも防音性が高いと思う。だけど……。

……ああ、めちゃくちゃ恥ずかしい……！

窓ガラスに映っている僕は、目を潤ませ、頬を染めたものすごくいやらしい顔をしていた。

……いきなり後ろからなんてものすごく恥ずかしい。でも、初めての夜は、みんなきっとこうするんだろう。だから、恥ずかしくても我慢しなきゃ……。

「……セックスって、すご……い……」

彼の逞しい屹立が、僕の最奥《さいおう》まで届いてゆっくりと突き上げてくる。身体の奥から甘い熱が湧き上がって、僕の唇からかすれた声が漏れる。

「……それに、気持ちい……」

「本当に？　気持ちいい？」

彼が僕をしっかりと抱き締め、ゆっくりと僕を貫きながら囁く。僕は何度もうなずいて、

「……うん……気持ちいい……もっと……もっとして……ああっ！」

いきなり、グン！　と強く突き上げられて僕は思わず声を上げる。

「……ああっ、ああ……っ！」

抽挿《ちゅうそう》されるたび、身体の奥から、熱いものがどんどん湧き上がる。それは僕の屹立を中心に集まり、そのまま凝縮して……。

彼の両手が僕の胸を包み込む。そのまま乳首をキュッと摘《つま》み上げられて、腰がびくりと跳ね上がる。

「……ダメ……イッちゃうよ……！」

「ああ……一緒にイこう」

森が丘くんが僕を獰猛に突き上げながら、かすれた声で言う。

「君の身体がすごすぎて、俺ももう、限界だよ」

その声があまりにもセクシーで、僕の目の前が白くなり……。

「ああ、出ちゃう……っ！」

僕の先端から、ビュクッビュクッと激しく欲望の蜜が迸った。

「……く、うう……っ！」

僕の蕾がキュウッと強く収縮し、彼の屹立をきつく締め上げてしまう。

「すごい……俺もイきそうだよ……このまま、イってもいい？」

苦しげに聞かれて、僕は何度もうなずく。

「……来て。僕の中で、イッて……」

僕の言葉が終わらないうちに、彼が僕の腰を摑み、そのまま激しく僕を貫いた。締め上げをものともしない激しい抽挿に、僕の先端からまた蜜が迸り……。

「……っ！」

森が丘くんが息を呑み、身体をビクビクッと震わせて……。

「……遥、くん……！」

彼の手が僕をしっかりと抱き締める。そして僕の最奥に、彼の熱い欲望が、ドクンドクン！と激しく撃ち込まれる。

「……あ……熱いよ……っ」

僕は目を閉じて、彼の欲望の熱さを感じながら喘ぐ。

「……もっと、もっと欲しい……っ！」

「ああ……なんて色っぽいんだろう……？　遥くん、俺、まだ止まりそうにないよ……」

耳元で囁かれて、僕の胸がキュッと痛む。

「……僕も止まらない。もっと、もっとして……」

「わかった」

彼が僕を抱き締めて、後ろから囁いてくる。

「朝まで愛し合おう。愛してる、遥くん」

「僕も愛してる、森が丘くん」

そして僕らは、夜明けまで何度も何度も繋《つな》がって……。

◆

次の朝、僕は森が丘くんの腕の中で目を覚ました。二人とも裸のままで、昨夜のことを思い出した僕は真っ赤になってしまう。

「初めてのセックスって、お風呂の中で、後ろからやるんだね。本当にすごかった」

「いや……ほかの人はどうかわからないけど」

森が丘くんは言って、ちょっと赤くなる。

「えっ、リッツォ先生から、そう教わったんだよね？」

「いや、リッツォ先生は『絶対に相手の身体に傷をつけてはいけない。入れる前にはきちんと解《ほぐ》すこと』って言って、潤滑ゼリーをくれただけなんだ」

「へっ？　じゃあ、お風呂の中でしたのは？」

「本当は、冷えた身体をあっためてあげるだけのつもりだった。だけど、君の綺麗な身体を見たら、どうしても我慢ができなくなって……苦しかった？」

申し訳なさそうな顔が可愛くて、僕は笑ってしまう。

「ううん、すごく気持ちよかった」

「それから、リッツォ先生はもう一つ言ったんだ。『将来を誓い合った相手としか、最後までしてはいけない』って」

「それなら僕らは大丈夫。だって、将来を誓い合っただろ？」

僕は彼の唇にキスをして、

「……僕のほうこそ、もう逃がさないよ。覚悟してね」

そう言うだけで、彼は獰猛で熱烈に僕を抱き締めてくれる。その逞しい腕の感触だけで、僕の身体が熱くなる。

僕の恋人の森が丘くんは、ハンサムで、強くて、だけどこんなふうにものすごくセクシーなんだ。

先生達の華麗な秘め事

北大路圭

生徒達が学園に帰るのを見届けてから、オレとアレッシオは休暇を取った。そして今は、アレッシオと一緒に、彼が所有するスイスの別荘に来ている。

「休暇はいいけど……やっぱり、遥と森が丘のことも心配だな。未成年なのにエッチなことに及んでないか。だって遥は『セックスの仕方を教えて』なんて言ってくるし」

「大丈夫ですよ。あの二人はとてもしっかりしているので、軽はずみなことはしません。最後までするなら、きちんと将来を誓い合ってからでしょう」

オレはその言葉に安心し、それからアレッシオに抱きつく。

「そうだよな。安心したら、すごく発情してきた。……オレのこと、抱くか？」

アレッシオはオレを抱き締め、熱いキスをする。

「もちろん。修学旅行中はずっと禁欲だったんですから」

彼が、オレのスキーウエアのファスナーを下ろそうとする。オレはその手を止めて、

「ウエアの下に防寒のための服を山ほど着ているから、ここからじゃ時間がかかる。……バ

スルームで待ってる。全部脱いだら入って来い」

オレはバスルームに飛び込んで、全速力ですべての服を脱ぐ。本当は、今にも暴発しそうなほど中心が勃起していて、それを見られるのが恥ずかしかったんだけど……。

「キスだけで、そんなに勃起していたんですね？」

いつの間にかバスルームのドアが開き、すべてを脱ぎ捨てたアレッシオが立っていた。早すぎると抗議しようとするオレの身体の向きを変え、バスルームの壁に両手をつけさせられる。そのまま後ろから両脚を大きく広げられ、隠されていた蕾に何かが触れてきて……。

「うわ、ああっ！」

オレの蕾に流し込まれたのは、たっぷりの潤滑ゼリーだった。セックスを覚えた最初の頃はこれが手放せなかったけど、コツがわかってからはご無沙汰《ぶさた》だったのに……。

「今夜は、このまま後ろから貫きたい気分です。……いいですか？」

蕾に、彼の屹立が強く押しつけられる。ヌルッとした感触にめちゃくちゃ興奮する。

オレの唇から、驚くほどいやらしい言葉が漏れた。

「……ああ……このまま、して……！」

……ああ、こんなにエッチな兄で恥ずかしい。純情な遥に顔向けできない……！

でも、アレッシオに激しく責められたら、もうオレは何もかも忘れてしまう。

オレの恋人は、ハンサムで、ちょっと意地が悪くて、だけど本当にセクシーなんだ。

あとがき

こんにちは、水上ルイです。初めての方に初めまして。ほかの本も読んでくださっている方に、いつもありがとうございます。

今回の『学園の可憐な誘惑』は、一応学園モノ。しかし舞台はエーゲ海の孤島（笑）。そこに建てられた豪華な全寮制の高校、聖イザーク学園のお話です。

二〇一三年の春に出た『学園の華麗な秘め事』の続編に当たりますが、独立したお話なので、この本から読んでも大丈夫。安心してお買い求めください（笑）。

この本の主人公は、優等生で学園のアイドル、日本人留学生の遥くん。外面はいいですが、実はけっこう肉食系の襲い受です（笑）。そして彼が恋をしたのは、硬派な日本人留学生・森が丘くん。彼は一見硬派で忠実な大型犬ですが、中身は実は狼。遥くんに翻弄されてかなり獰猛になってます。この二人の恋はどうなるの？　というお話。

前回のお話は、遥くんの兄でエッチな日本人保健医・圭先生と、新任教師でイタリアの大富豪の御曹司・アレッシオが主人公でした。今回も彼らは活躍してくれていますので、興味が湧いた方は、そちらもぜひチェックよろしく！

いつもはゴージャス系の年齢差モノを書くことが多いので、ちょっと毛色の違うこのシリーズ、とても楽しく書かせていただきました。うちの攻は余裕のある二十代後半の大人の男が主で、エッチの時はさんざん言葉攻めをして受を苛めています（笑）。が、今回の森が丘くんはまだとても若い！　ということで、余裕のないケダモノ攻（笑）。大変楽しく書かせていただきました。たまには余裕のない攻も楽しい！（笑）

あなたにも、お楽しみいただければ嬉しいです。

それではこのへんで、お世話になった皆様に感謝の言葉を。

コウキ。先生。今回もまたご一緒できて光栄です。たいへんお忙しい中、今回も本当に素敵なイラストを、どうもありがとうございました。硬派でハンサムな森が丘くんはとても格好よかったし、可愛いけど小悪魔な遥くんも、本当に魅力的でした。これからもよろしくお願いできれば嬉しいです。

編集担当Sさん、Oさん、ルチル文庫編集部の皆様。今回も本当にお世話になりました。これからもよろしくお願いできれば幸いです。

そしてこの本を読んでくれたあなたへ。どうもありがとうございました。

それでは。また次の本でお会いできるのを楽しみにしています。

二〇一三年　八月　　　水上ルイ

✦初出　学園の可憐な誘惑……………書き下ろし
先生達の華麗な秘め事………書き下ろし

水上ルイ先生、コウキ。先生へのお便り、本作品に関するご意見、ご感想などは
〒151-0051 東京都渋谷区千駄ヶ谷 4-9-7
幻冬舎コミックス　ルチル文庫「学園の可憐な誘惑」係まで。

RB 幻冬舎ルチル文庫

学園の可憐な誘惑

2013年8月20日　　第1刷発行

✦著者	水上ルイ　みなかみ るい
✦発行人	伊藤嘉彦
✦発行元	株式会社 幻冬舎コミックス 〒151-0051 東京都渋谷区千駄ヶ谷 4-9-7 電話 03(5411)6431[編集]
✦発売元	株式会社 幻冬舎 〒151-0051 東京都渋谷区千駄ヶ谷 4-9-7 電話 03(5411)6222[営業] 振替 00120-8-767643
✦印刷・製本所	中央精版印刷株式会社

✦検印廃止

ISBN978-4-344-82909-1　C0193　Printed in Japan